リトル・バイ・リトル

島本理生

角川文庫
20927

目次

最終の電車で彼女は帰ってきた。

そのとき、私はベッドで童話を読みながら妹のユウちゃんを寝かしつけていた。古いけれど干したばかりの布団を敷いた狭い二段ベッドは日だまりの巣箱のようだったが、彼女の帰宅であっという間に平和な夜は破られた。

深夜だというのに勢いよくドアを開ける、トイレへと駆け込む忙《せわ》しない足音。せっかく眠りかけていたユウちゃんが跳び起きてベッドを抜け出し、読みかけの童話は結末の手前で放り出されてしまった。ベッドに一人置き去りにされた私は仕方なく、目付きの悪い挿絵のキリンをぼんやりと見つめた。

浴びるどころか浸《つ》かってきたようにアルコールの臭いを全身から漂わせた彼女

は、背中に飛びついたユウちゃんを張り付けたままベッドまでやって来た。ヒザまでの丈のトレンチコートを着て、そのポケットを冗談のようにふくらませていた。

「お母さん、この帰宅時間はなに？」

「ふみちゃん。今から手品を見せます」

私の問いかけを完全に無視して、憮然《ぶぜん》としている私の前でポケットに手を入れると、中から裸のサンドウィッチを取り出した。白いパンの間にチーズとハムが挟まっている。母は軽く糸屑《くず》を取ると、そのサンドウィッチを自分の口にくわえてから、ふたたびポケットに手を突っ込んだ。

「まずチョコレート。ジッポライター。灰皿に筆ペン。五百円玉。変な亀の置物。治療院の顧客リスト」

しゃがみ込んだ彼女は呟《つぶや》きながら、旅行のお土産みたいに一つ一つ床に並べていった。肩越しに見ていたユウちゃんが歓声をあげたが、私は唖然《あぜん》として言葉を失っていた。

「お母さん」

「なに？」

「ものすごく酔ってるのは分かったけど、どこから盗んできたの？」

こんな物は子供でも万引きしないと私が付け加えるより先に、母は大きく首を横に振ってから、顔にかかった髪をかき上げた。

「盗んできたんじゃないの。記念にもらってきたの」

「記念？」と思わず聞き返すと、母は子供のような顔で頷《うなず》いた。

「そう、記念。職場がつぶれちゃった記念」

愕然《がくぜん》とした私と母の間で、さっき歯磨きを終えたばかりのユウちゃんがせっせとチョコレートの包み紙を開いていた。混乱する頭の隅で、もう一度ユウちゃんに歯磨きをさせなくてはならないと思い、私はベッドを出た。

そりゃあ大変だねえ、と柳《やなぎ》さんに言われて、そうみたいですね、と答えたら笑われてしまった。まあまあ、でも元気そうで良かった。彼は調子を合わせてから、私の書いた文字に、赤い墨汁のついた筆で添削を始めた。

柳さんは、私が一年前から通っている習字教室の先生である。ただ先生なんて呼び方はくすぐったいと、私たちには柳さんと呼ばせていた。縁側のある、座卓を並べた広い和室で週に一度、彼に習字を教わっている。

よほど天気が悪い日以外は障子が開け放たれているので、屋外にいるような気分を味わえるところが好きだった。日差しが、他の生徒さんたちの影をすっと伸ばしている。庭からは、さざ波のように雑草や椿の木の葉がこすれる音が響いていた。

「最後のここが、もう少し力強くはねると良かったな。ためて、ためて、はねる。けど、他の文字はバランスもいいし、きれいに書けたね」

誉められたので満足していると、柳さんがまるで比較にならない達筆なお手本をさらさらと書いて渡してくれた。

「それで、家のほうは大丈夫なのかい？」

顔を上げると、目尻《めじり》に細かい皺《しわ》を寄せた表情より先に、つい耳に目がいった。

柳さんには話している最中に自分の耳を触るクセがあり、面長な顔の横に垂れた大きな耳たぶにはしょっちゅう墨がついている。

「あの、耳を拭《ふ》いたほうがいいですよ」

彼は笑いながら白いシャツの袖《そで》で耳たぶを拭《ぬぐ》った。また奥さんに叱られるだろうなと、わずかに黒ずんだ袖を見ながら思った。

「とりあえず私も卒業しましたし、母も今、必死で新しい仕事を探しているので。二人で稼げばなんとかなると思います」

「えらい、えらい。けどまあ、ないものは本当に自分で稼ぐよりしょうがないからね」

穏やかな口調でほほ笑んだ柳さんに、私もつられて笑いながら頷いた。

「それじゃあ、同じ文字をもう一度、練習してもらおうかな」

言われて立ち上がると、庭のしげみでツツジの花が溢《あふ》れるように揺れているのが見えた。

家に帰ると、ユウちゃんがテレビの前でパンダのぬいぐるみにバスタオルを巻き付けていた。部屋のどこからか、がさがさと新聞紙を丸めるような音が聞こえる。

「なにしてるの？」

たずねると、ユウちゃんは大きな目をさらに開いて、こちらを見た。

「枕にするの」

そう答えてからテレビをつけ、パンダを頭の下に置いて寝転がった。私も近くにあったクッションを枕にしたが、どうもパンダのぬいぐるみのほうが柔らかくて気持ち良さそうだった。

「ユウちゃん、枕の取りかえっこしない？」

やだ、と素気なく断られたので、しかたなく体を起こすと、押し入れの中からモルモットがのっそりと顔を出した。私はあわてて立ち上がり、素早くモルモットを捕まえて白いケージの中に入れた。

「ケージから出したまま放っておいたらダメだよ、ユウちゃん」

「ユウちゃんのせいじゃないよ。勝手に出ちゃうんだもん」

私はモルモットの臭いに満ちた部屋を換気しようと窓を開けた。ユウちゃんが二年前に友達の家から軽い気持ちでもらってきたモルモットは、そんなに成長しない種類のはずなのに今では抱いた両手から思いきり溢れるほどの大きさである。しょっちゅう脱走をくり返しているが、大抵は家の外ではなく台所で食べ物のカスをあさっているところを捕まえられている。

「おねえちゃん、なんで帰ってくるのがこんなに早いの?」

私は黒いサマーセーターについたモルモットの毛を取りながら
「なぜなら、おねえちゃんはもう高校を卒業したからだよ」

そう答えたら、ユウちゃんは分からないというふうに眉《まゆ》を寄せた。その表情がやけに大人びていたので、思わずじっと見つめ返してしまった。ユウちゃんは、そこに映った風景をはっきりと確認できるほど大きな黒目を持っている。

「おねえちゃんばっかりずるい。ユウちゃんも学校を卒業したい」

「ユウちゃんは二年生だから小学校はまだまだ卒業できないよ。高校や中学は三年だけど、小学校は六年かかるの」

どうしてだと意気込むユウちゃんに説明するのも面倒で、聞こえないふりをしていたら
「もし三年で卒業だと、子供はすぐに大きくなるから二回も卒業式のための高い服を買わなくちゃいけないでしょう。分かった？」

幼い娘に間違った知識を教え込みながら、母が買い物袋を手に部屋へ入ってきた。

「お母さん、またそんなことを教えて」

そう言いながら買い物袋を見ると、高そうな牛肉が袋からはみ出していた。私はため息をついた。

「今夜はみんなの好きなビーフシチューだから手伝ってね」

ユウちゃんは途端に笑顔で起き上がると、頭の重みで少し平たくなったパンダを放って台所へ走っていった。

たしかにビーフシチューは肉が柔らかくておいしかったが、どうやらお米が切れていたらしく、主食は一週間前のフランスパンだった。包丁を入れると外側の茶色い部分がかさかさと音をたてた。

「そういえばふみちゃん、バイトは決まった？」

私はすっかり硬くなったフランスパンにバターを塗りながら首を横に振った。

「面接には行ったけど、まだ結果を伝える電話がかかって来ないから分からないよ。お母さんは？」

母も首を横に振った。二人も子供がいる上に年齢的にもきびしいので、なかなかすぐに仕事は見つからないようだった。

「けど、院長が夜逃げだなんて本当に最悪。残りの給料だってまだ払ってもらってないのに。日曜日にでもユウちゃんを抱いて院長の実家の前に立とうかな。同情した実家の両親が払ってくれるかもしれないし」

そういう母は先日まで、家の近くの整骨院でマッサージ師として働いていた。みんな仲が良くて働きやすい職場だと聞いていたが、院長の夜逃げで何の前触れもなく、突然、つぶれてしまったのだった。

「ユウちゃん、日曜日は舞ちゃんの家に遊びに行くから嫌だよ」

「そんな冷たいこと言わないでよ。ユウちゃんだって毎日ごはんは食べたいでしょ」

あまり笑えないことを淡々と喋《しゃべ》る母に、早くバイトを始めなければと思いながら先に食事を終えて食器を洗っていると、こうなったらお姉ちゃんに養ってもらおうという恐ろしい冗談が聞こえてきた。

その日の夜に面接の結果を告げる電話はかかってきた。明日《あした》からでも来てほしいと言われ、とりあえずほっとして電話を切ると、背後で母もまたほっとしたように聞き耳を立てていた。

ちょっと前から、母と父親違いの妹の三人で暮らしている。

最初の父と二番目の父は容姿がかけ離れていたので、私とユウちゃんの顔も人種を越えてしまったように似ていない。血が半分しかつながっていないのは歴然だったが、家の中でそんなことを気にしている人はだれもいないのだった。

翌日、私は電話で言われた通りに新しいバイト先にむかった。バイトは高田馬場《たかだのばば》にある英会話教室の宣伝用ティッシュ配りで、大量のティッシュが入った紙袋と派手な蛍光オレンジのパーカを渡されて簡単な説明を受けると、すぐに仕事に出された。

高田馬場は小ぎれいな店も多いわりにどことなく雑然とした街で、いくつものの要素が煮詰まって発酵したような空気を漂わせている。

平日でも人通りの多い駅前で通行人にぶつからないよう気をつけながらティッシュを配っていたら、母から仕事が決まったというメールが届いた。

休憩を含めて七時間の労働は意外にあっという間で、夕方の混んだ電車に揺られて私は家に帰った。

「せっかくメールを送ったのに返事をくれなかったね」

と文句を言う母に、バイト中にメールを送ってもらっても返信はできないのだと言ったら

「まあいいか、早く報告したかっただけだし」

と彼氏ができたばかりの女子高生みたいな言葉が返ってきた。

「それで、新しく決まった仕事先ってどんなところ?」

私が訊《き》くと、母は嬉《うれ》しそうに答えた。

「野崎《のざき》治療院ていう整骨院なんだけど、私の面接をしてくれた院長がまだ若くて、すごく優しい感じの人だったんだ。今まで年上が好きだったけど、気力と体力が充実してる若い男もいいね」

そういうことを聞きたかったわけではないのだが、とりあえずてんぷらそばを啜《すす》りながら頷《うなず》いていた。どうやら今日もお米を買い忘れたようだった。

「ふみちゃんのほうはどう?」

「仕事の内容は簡単だったよ。特定の相手に気を使わなくていいしね。働きやすいから、しばらくがんばるよ」

私はエビのてんぷらを齧《かじ》りながら言って、口のまわりにてんぷらのカスを付けていたユウちゃんにティッシュを渡した。

「ユウちゃん、今日こそ食べ終わったらモルモットのケージを洗おうね」

半ば公害じみた臭いを放っているケージを指さしたらユウちゃんは渋って唇を尖《とが》らせていたが、やがてあきらめたように頷いた。

食事を終えて狭いおふろ場で足をびしょ濡《ぬ》れにしながらケージを洗った後、自分の部屋に戻ってベッドに横たわったが、まるで眠くなる気配がないので起き上がって本棚から何冊か本を引っぱり出し、ベッドサイドのテーブルに積んだ。いつも出したまま片付けないために自然とベッドが本に占領されていくが、あまり気にせずに一冊を手に取った。まだつま先はひんやりとしていて、生暖かい空気がくすぐったかった。

古本屋で買ったばかりの短編集の中に、以前にもどこかで読んだことのある話が入っていた。二人の子供を海の事故で亡くした夫婦の話で、淡々と語られているのにどこまでも果てしなく沈んでいくような物語だった。

どこで読んだのだろうと記憶をたぐっているうちに、目を閉じるとようやく軽い眠気がやって来た。

目覚まし時計の音で起こされてから、思わず部屋の中を見回した。悲しくはないけれど変な夢を見たと思いながら鏡をのぞき込むと、寝る前に水分を取ったわけでもないのに少しむくんでいた。

部屋を出て寝癖のついた髪を洗面所で直していたら、母がやって来て

「ふみちゃん、なんだか今朝は顔が真ん丸になってる」

そう言って壁に掛かった子ブタのカレンダーと私の顔を見比べていた。いくらなんでもそんなに丸くはないと思いながら

「なんでだろう。変な夢を見たせいかな」

「どんな夢？」

私は首を横に振った。妙な夢を見たという感覚だけが頭の中に残っていて、内容はすでに遠ざかっていた。

「今日は初出勤だから、少しは気合入れて化粧しなきゃ」

そう呟《つぶや》いた母は手にしたビューラーを私に見せた。

「新しく駅のそばにできた百円ショップで買ったんだ。百円でビューラーが買えるなんていい時代だよね」

「けどお母さん、ビューラー持ってなかった？」

その辺に置いておいたらユウちゃんが踏みつけて壊してしまったと答えた母に、床なんかに放り出していたせいだと内心思いながら、洗面所を出ると、ユウちゃんは朝のアニメを見ながら食パンに目玉焼きをのせて食べていた。卵の黄身が服に垂れていることにも気付かず、口を半開きにしたまま無言でテレビを見ている。

「お母さん、ユウちゃんが卵の黄身をこぼしてる」

彼女はビューラーを手にしたまま、おっとりと
「ユウちゃんってば、今月に入ってから七回目」

と困ったような顔をしたので、そんなことをカウントする前に叱ってほしいと言ったが、朝から体力を使うのは嫌だと怠惰なことを言われて、結局、私が次から気をつけるようにしつこく注意した。聞いているのかいないのか、ユウちゃんはぼんやりとした顔で口うるさい姉を見つめていた。

三人で朝食をすませてから、母は洗濯はよろしくと笑って、着替えたユウちゃんと一緒に家を出て行った。

私は午前中のうちに台所で洗い物をしてから洗濯をすませ、床の雑巾《ぞうきん》がけまですべてのことをこなした。きれぎれの雲が流れていく空は透けるように青くて、並べて干した白いタオルが大きく揺れていた。昼は残り物のアサリでボンゴレのスパゲッティーを作った。

食べ終えてしまうと、とくにやることもなくなって部屋を見回したら、ケージの中のモルモットがこちらをじっと見ていた。私はニンジンの切れ端やレタスをやってから、きれいに食べ終わるのを見届けてモルモットをケージから出し、底にタオルを敷いたボストンバッグの中に入れて持った。そしてTシャツのうえにパーカを羽織って、春の光が降りそそぐ外へ出た。

家の前を流れる川に沿って延々と自転車で走りながら、沈丁花や名前の知らない花が咲いて鮮やかに色のついた景色をぼんやりと見ていた。公園の脇を通ると、小さな子供たちは砂場で遊んでいて、主婦の人たちだけでベンチに集まっている。

いろんな午後があるのだと実感しながら、汗をかいた首筋を軽く撫《な》でた。

ずっと川沿いを走っていくと、雑草の生い茂る空き地を見つけて、私は自転車を止めた。

自動販売機で冷たいウーロン茶を買って、草のうえに腰をおろした。ボストンバッグを開けると、モルモットがはしゃいだように中から飛び出した。このモルモットは臆病《おくびよう》者で、座っている私のまわりを走って小さな虫を追いかけたりするくらいで遠くへ行くこともないため、たまに散歩に出している。

途端に小さな虫が何匹か腰の下から飛び立って、アリがスニーカーの先から逃げていく。まわりは団地に囲まれていて、人工的に計算された緑が遠くまで広がっていた。

大学の受験勉強のさいちゅうに、母が二度目の夫と離婚した。そうなると私の大学の受験費用を払える人がいなくなるわけで、なんとかしようにもすでに入試直前の時期で、資金繰りは困難を極めた。こうなったらサラ金に借りるしかないという母を必死で止めて、来年に見送ることにした。一年ぐらい浪人したと思えば大したことはないし、それよりヤクザに追われるハメにならなくて良かった、と私は胸を撫で下ろした。
空白になってしまった一年はがんばって稼ごう、とウーロン茶を飲み干した私はモルモットを抱き上げた。薄茶色の毛からは土と太陽の混ざった匂いがした。

母の新しい職場はなかなか忙しいらしく、自分より体の大きい患者さんをマッサージするのは大変だとか、背中にびっしり入れ墨だらけの男の人が来たとか、少し焼きすぎた豚肉のショウガ焼きを食べながら、母は話していた。
相槌《あいづち》を打ちながらも、ユウちゃんと二人でバラエティー番組に気を取られていると
「二人とも、ぜんぜん聞いてくれないんだから」
母はがっかりしたように黙ったが、すぐに何事もなかったかのように
「そういえば今日の夕方、ふみちゃんと同い年ぐらいの男の子が来たわよ」
母の治療院には年配のお客さんが多いと聞いていたので、意外に思ってたずね

た。

「同い年ぐらいって、その人、体のどこが悪かったの？」

「なんかキックボクシングをやってる子で、練習中に膝《ひざ》を傷めたみたい。その子の通ってるジムの会長さんがうちの院長と知り合いで、紹介されて来たって言ってた」

「へえ」

キックボクシングと聞いて、タイしか連想できない私には縁のない話だと思っていると

「あんまり喋《しゃべ》らなかったけど、ふみちゃんの好きそうな感じの男の子だったな」

母がそう言うので

「お母さん、私の好きそうな男の子なんて知らないでしょう」

母は、そんなことはないという顔でみそ汁を啜《すす》った。何も知らないような顔をしてなんでも知ってるから親は怖いと思いながら、大根の漬物をかじった。

「けど、本当にふみちゃんが好きそうな子だったよ。そうだ、また来るって言っ

てたから写真でも撮らせてもらおうか」

そんな恥ずかしいことはやめてほしいと頼んだら、母は冗談だと笑った。彼女の言うことはどこまでが冗談なのか分からない。まったくしょうがない人だと思いつつも、そこまで言われると少しだけ会ってみたい気もした。

夕食後に部屋へ戻ろうとすると、母が明日《あした》の朝のパンを買い忘れたと言うので、ジャンケンをして負けた私が買いに走ることになった。

小銭入れを片手に家を出ると、つんと鼻の奥に刺さる水の臭いが風に運ばれてきた。あまりきれいとは言いがたい川からは、夜になるとたまにこうやってきつい臭いが上がってくる。

スーパーマーケットまでは近いので歩いていくことにした。夜は湿った暗闇に満ちていて、自分の足音がやけに大きく響く。塀から飛び出て道まで枝を伸ばした椿の花が鮮やかに揺れていた。

あまりお客のいない店内でパンと牛乳とヨーグルトを買って、レジ袋を手に外へ出ると、制服姿の子たちが集まって騒いでいた。男女入り混じった六人ぐらいのグループで、だれも笑っていない子がいないほど楽しそうになにやら話している。立ち止まって見ていたら、ちょうど解散するところだったのか、手を振り合ってばらばらの方向へ自転車で走っていった。

私は明日の朝食を片手に突っ立ったまま、その後ろ姿をぼんやりと見送った。

ティッシュを差し出したら、受け取らずにこちらの手だけ触って逃げたサラリーマンの後ろ姿に渋い顔をしていると、眉間《みけん》に冷たいものが落ちてきて服の袖《そで》で拭《ぬぐ》った。

びっしりと雲で埋まった空からは、あっという間に雨が降ってきた。あわててティッシュの入った紙袋を抱えて銀行の軒下まで走った。すぐに視界は霧のような雨に染まって、あわてたように走りまわる人たちの姿がやけに遠かった。

濡《ぬ》れなくてよかったとため息をついて、バイト先の英会話教室に戻って雨が降ってきたことを伝えると、少し早いけれど休憩を取るように言われた。親切な受付の女の子にビニール傘を貸してもらって建物を出た。

近くの定食屋でカキフライ定食を頼んで、カキフライの三倍は量がある山盛りのキャベツを前にウサギになった気がしつつ、ごはんを胃に少しずつ入れた。壁に掛かったカレンダーを見ると、自分の誕生日までちょうどあと一ヵ月だと気付いた。

最初の父と母が別れた後も、毎年誕生日が近くなると、彼とは池袋《いけぶくろ》の東口で待ち合わせをして出かけるのが七年前まで恒例の行事だった。

私が生まれたころ、父は安く仕入れたパーツで作ったアクセサリーを路上で売るという商売をしていた。というより、彼の仕事はそれだけだった。露店が流行《はや》っていた時期だから出来た商売だ。

器用な指先とペンチで細い針金をいじってアルファベットの形にしたりペンダントヘッドを鎖に通したりしている間は口数が少なく、丸くなった背中に呼びかけてもほとんど返事はなかった。そのくせ飽きっぽくて、すぐに作業をやめてしまって酒ばかり飲んでいた。

飲みすぎたときには急にカンシャクを起こして作ったばかりのアクセサリーを

壊したり家の障子を破いたりした。はっきり言って、ろくでもない父親である。

それでも年に一度会うときにはアルコールの抜けた顔で、アイロンのかかってない白いだけのシャツを着ていた。髪形が会うたびに変わるわりには、長くても短くても清潔な感じのしない人だと子供心に思っていた。

そういう父親と池袋の街を歩き、毎年同じ星座をプラネタリウムで見た後に、ファミリーレストランでハンバーグを食べたりする。それから適当な店で安いプレゼントを買ってもらうというのがお決まりのコースだった。

次第に取りしまりがきびしくなり、露店の数が急激に減り始めたあたりから、父には今何の仕事をしているのかとは怖くて聞けなくなった。マトモなことをしているはずがないと思っていた。

その父が、約束の時間に来なかったのは六年前の話だ。

中学生になったばかりの私は、駅前のガードレールに腰掛けて待っていたが、どんなに待っても父は来なかった。それでも待つことが得意だった私は二時間以上も彼を待った。三島由紀夫《みしまゆきお》の「班女」の花子《はなこ》みたいに待つこと自体が意味を持ってしまいそうなほど待ったけれど、結局、彼は来なかった。公衆電話から何度も電話をかけてみたが、呼び出し音がいつまでも鳴り続けるだけで、だれも出る気配はなかった。

すっかり暗くなってから帰って一部始終を話すと、母は一言だけ、あきらめるように言った。なにを、どうしてあきらめるのかは分からなかった。ただ、これ以上は問いかけても無意味だということも、きっぱり口を噤《つぐ》んだ横顔を見てすぐに悟った。

そして、それっきりだ。

だから誕生日が近づいてくると妙な気分になる。未《いま》だに自分がなにかを待っている気がしてしまうのだ。新しい年齢を迎えることなく、いつまでも駅前のガードレールに腰掛けているように。

食後のほうじ茶を啜《すす》りながらそこまで考えて、それでもまあ誕生日は嬉《うれ》しいと、とくに嬉しいこともないけれど勝手に納得しながら、雨が降って気温が下がった午後の仕事にそなえて白玉ぜんざいを追加した。

翌朝、目覚めるとなぜか首が痛くてたまらなかった。

不自然な格好で歯を磨いていると、まっさきに母がどうしたのかとたずねた。首の症状を訴えると、それは寝違えたか冷えたのだろうから、後で自分の治療院に来るようにと言った。そして首を押さえている私をその場に残して仕事へ出かけていった。

バイトに行って路上に立つうちに、首の痛みはさらに激しくなってきた。数秒ごとに笑顔がくずれて痛みに耐える顔になってしまっているのが自分でも分かった。これはダメだと悟り、今日は午前中だけにしてもらえるように頼んで、早々に仕事を切り上げた。

家に帰って昨夜の残り物をさっと食べてから、昼間の埃《ほこり》っぽい電車に揺られて母の働く整骨院へとむかった。教えられた通りに駅前から細い道を何度か曲がると、まだ新しい小さな白い建物が見えてきた。青い文字で『野崎治療院』の看板が出ている。

中に入って受付で若い女の人に、もしかして橘《たちばな》さんの娘さんかと訊《き》かれたのでそうだと答えたら、お母さんなら今予約の患者さんを見ているから他の人でいいかと訊かれて、もちろんだと頷《うなず》いた。ここまで来て担当が母ではなんだか来た意味がない。

中に入ると治療用のベッドがずらっと並んでいた。三十歳前後ぐらいの男の人がきて、ちょうど母が太ももを揉《も》んでいた患者さんのとなりのベッドに寝るように言われた。

横目で見ると、母がすっとマッサージしている患者さんを指さした。もしかして前に言っていた男の子かと、つられて思わず首をそちらに向けた瞬間、筋がつったような痛みが走った。

小さくうなり声をあげた私に驚いたのか、枕に顔をつっぷしていた男の子が軽くこちらを向いた。やはり親というのはあなどれない。少し目尻《めじり》の上がった大きな目をした男の子が、大丈夫ですか、と軽く笑って言った。にやにやする母とわたしの背中を無言で揉んでいる男の人の視線を感じながら、こんな場所でこんな姿で出会ってしまったのが少し悲しかった。

「市倉《いちくら》君、この子はうちの娘なんですよ。たぶん市倉君と同い年ぐらいじゃないかな」

愛想よく母が言ったので、市倉君と呼ばれた彼は真顔で頷いて、そういえば少し似てますね、と今までだれも言ったことのない言葉を呟《つぶや》いた。私は小さく会釈をしてから
「キックボクシングかなにか、やってるって聞きましたけど」

この状態で笑うのは少しつらいと思いつつも、できるだけ笑顔でたずねた。

「うん、まだプロになったばっかりですけど。もうすぐ試合があるから、それまでに体の調子をよくしようと思って」

「試合?」

「おもしろそう。それって見に行けるの?」

と言ったのは母だった。

はい、と彼は低い声で答えて

「チケットセンターで買うこともできますけど、出場者から買ったほうが安いですね。買ってもらったほうも自分の持ってたチケットが売れると、いくらか収入になりますし」

「私、買います」

ルールも何も知らないにもかかわらず、考えるより先にそう言っていた。

市倉君は嬉しそうな顔で、それは本当かとたずねた。それから、チケットを渡すから先に終わっても待ってますと続けた。母は感心したような顔で私たちのやり取りを聞いていた。

マッサージが終わってすっかり楽になった体で、いそいで会計をすませて、外で待っていた市倉君のところへむかった。

昼は食べたかと訊かれたので、まだ食べていないと嘘をつくと、彼もまだだと言うので、近所のカレー屋に寄って二人でカレーを食べた。

私はあまり初対面で色々と話すのが得意ではないが、彼が比較的ゆっくりとした丁寧な喋《しゃべ》り方をするためか、それに合わせてスムーズに喋ることができた。彼は、市倉周《しゅう》です、と名乗った。

「私は橘ふみといいます」

「なんか、和菓子みたいな名前ですね」

見た目の印象から意志の強そうな少しきつい感じの人かと思ったが、予想に反して落ち着いて柔らかい調子で、彼は言った。

「周で良いです。友達もみんなそう呼んでるし」

こんなにはやく名前で呼び合う仲になっていいのかと内心舞い上がりながらも、私はとりあえず黙ったまま頷いた。

年齢を訊くと、周は一つ年下だった。言われないと分からなかったのは、全体の体つきがしっかりしているからだろうと思った。余裕のあるナイロン素材のジャンパーとジーンズで体の線ははっきりとは分からないが、肩の感じを見ただけでも運動をしている体だという気がした。袖口《そでぐち》から出た手の甲には、たくさんの擦り傷があった。

チケットを受け取って代金を払うと、自分が誘ったのだからと言って、彼はお昼代を払ってくれた。何か分からないことがあったら連絡してほしいと携帯番号まで交換してから、駅前で別れた。

その夜、今日は疲れたから外食の日だと母が提案した。近所の安い焼き肉屋で牛タンに目を輝かせるユウちゃんに母は肉を焼きながら

「ふみちゃんてば、積極的なうえに素早いんだから。びっくりしちゃった」

「すすめたのはお母さんでしょう」

途端に母は思い出したように、ふふ、と含み笑いをした。思わず眉《まゆ》を寄せる。

「ふみちゃんってば、マッサージ中にアヒルが潰《つぶ》れたような声で唸《うな》ってたね」

「お母さんこそ仕事中に市倉君を指さしたりして、ちゃんとマジメに働いてるの？」

「当たり前じゃない。ふみちゃんやユウちゃんやモルモットにごはん食べさせなきゃならないもの」

母が赤く腫《は》れた親指を目の前に出したので、それ以上は反論せずに私は母のグラスにビールを注いだ。

親子で煙の臭いを漂わせながら家に帰ると、部屋に置き忘れていた携帯に周からのメールが届いていた。いそいでお礼の返事をしてから、当日までにルールぐらいは覚えようと、本屋で買ってきた格闘技の雑誌をカバンから取り出して勉強を始めた。

ちょっと休憩しようとラジオをつけると『Fly Me To The Moon』が静かなピアノの音に乗って流れてきた。軽く痛みの残る首を揉みながら、私は鼻歌で曲をなぞった。開いた窓からは大きな月が、背の高いマンションの屋上に乗るように浮かんでいるのが見えた。

窓の外を見ているとき、私はよく考え事をする。いろんな出来事が頭の中に描かれていく。外の暗闇に映し出すように。たとえば最初の父親が酒に酔って割った窓ガラスの破片が飛んできたときのことや、ユウちゃんが生まれてから生活習慣や子育ての価値観の違いで少しずつ上手《うま》くいかなくなった母と二番目の父のこと。そして、そんな最中でも楽しい瞬間もあった家族の生活。いいこともいやなことも決して忘れないように、自分にとっては何もかも必要なことだったと考えながら思い出す。

曲が流れ終わって窓から離れると、足の裏で硬いものを踏んだ。なんだろうと思って床を見たら、前に母から借りたまま返し忘れていた口紅だった。おいしいビスケットがあるから食べようと母の呼ぶ声がして、私は口紅を拾って部屋を出た。

何度も鏡の中とベッドに散らばった服を見比べていたら、となり同士で背中を揉《も》まれた仲なのだから気張ってもしょうがない、と背後で母が笑った。放っておいてくれと言って追い払い、ようやく服を選んで部屋を出た。

やはり前日に前髪を切るのはやめれば良かったと悔やみながら靴を履いていたら、ちょっと前髪を切りすぎたのではないかと母に言われて鼻白んだ。

電車の中で、こういう場合でも花は買ったほうがいいのかと考えて、電車を降りてから花屋で花束をつくってもらった。チューリップの種類が豊富で、花びらの裾《すそ》がレースのようになっているものや、閉じた傘のように蕾《つぼみ》がほっそりとしたものを混ぜてもらった。

試合の会場がある駅周辺は近くに遊園地があるからか家族連れが多く、曇り空にもかかわらずにぎわっていた。会場へむかうエレベーターの中で乗り合わせた中年の男の人たちが、今日のメイン試合はどちらが勝つかと賭《か》けをしていた。出場者が何人もいることを初めて知り、そういえば映画の『スナッチ』の中でも賭けボクシングの場面があった、と考えていたら、こちらまで緊張してきた。

座席は中央のリングをぐるっと取り囲む形になっていた。チケットの座席番号を確認して席に着くと、少し不安がおさまった。近くの席で同い年ぐらいの男の子たちが話していたので、なんとなく会話を聞いていると、案の定、話の中に周の名前が出てきた。

周が中央のリングに出てきたとき、今までに見たことのあるライブや芝居とはまったく違う雰囲気に戸惑った。見に来ている人たちがすべての出場者に好意的なわけではないためだろう。周の相手を応援する人たちは周が負ければいいと願ってるわけだし、派手な倒れ方を期待している人だっているはずだ。

そういう視線を背にして立つのは、ちょっとぞっとすることだと思った。

ただ試合が始まると、周はのんびり話していたときからは想像もつかないほど動きが速かった。体つきも服の上から見て予想していたとおり、がっしりとしていた。どちらかの体に相手の体がぶつかると、一瞬は鋭いのに、その中にずっしりと重さを含んだ音がした。

その音を聞いているときのほうが、試合前よりもなぜか心が落ち着いた。

結果は引き分けで、周はかすかに悔しそうな表情で客席に頭を下げて去っていった。

しばらくすると、シャワーを浴びてきたのか、すっきりした顔で普段着に着替えた周が客席に現れた。友達と少しだけ立ち話をしてから、すぐにこちらへやって来て
「勝てなくてすみません」

と言われた。私は花束を渡しながら、初めて見たけどおもしろかったと告げた。

周は目の下が紫色に腫れて頰に切り傷のできた顔で、少し嬉《うれ》しそうに笑った。

「他の試合も見て行きますか？」

「せっかく来たし、そうしようかな」

答えると、周は空いていたとなりの席に腰をおろした。彼の友達は周だけ見てすぐに帰るつもりだったらしく、周と私にまで手を振りながら、ぞろぞろと会場を出ていった。

試合と試合の合間に会場を出て、ロビーでジュースを飲んだ。となりに並ぶと、周からはちょっと変わった匂いがしていた。何かの薬品を塗ったような匂いだった。

「なんだか鼻にツンとくる匂いがするけど、薬でも塗った？」

そう言うと、彼はTシャツから出た自分の腕を嗅《か》ぎながら

「試合の前に塗ったワセリンとタイオイルですよ。体が冷えるのを防ぐためと、攻撃されたときに少しでも衝撃を和らげるために塗るんです」

気になるかと言われたので、私は首を横に振った。

壁に寄りかかってジュースよりも氷が多い紙コップに視線を落としながらお互

いに少しだけ沈黙すると、目の前を横切る人々のたてる音や話し声がゆっくりと二人の隙間に入り込んできた。

しばらくすると周が、今日、とちっとも沈黙していた時間を感じさせない調子で、言った。

「来てくれて、ありがとうございます。嬉しかったです」

その言葉を頭の中でくり返しながら、湿った黒い前髪やその額や細めた目を見ていたら、周の前に年上の女の人が立った。とても背の高い女の人で、彼女の目線はちょうど周の額の高さだった。柔らかい茶色に染めた髪には途中からゆるいウェーブがかかっていた。やけに足が長いと思って靴を見たが、履いているのは普通のスニーカーだった。

耳たぶに青い石のピアスが光っている以外はとくにアクセサリーも付けていないシンプルな服装だったが、妙に目立つのは身長と髪のせいと、本人の雰囲気だろうか。

後ろを通りすぎる人たちも、彼女を見ていた。

「良かった、あんたの試合にはなんとか間に合ったよ」

彼女がそう言って周の肩を叩《たた》いた途端、彼は困惑したように顔を上げた。

「今日、来ないって言ってたのに」

「だから約束を早く切り上げてきたんだって」

彼女と周を交互に見ながら、だれだろうと思っていたら、彼女はふいに私を見て
「この子、あんたの女?」

私を指さしたので首を横に振ったら、周が少しあわてたように
「先に言っておくけど、知り合ったばかりの人だから失礼なことは言わないように」

彼女はその言葉を遮って私に名前をたずねた。聞かれたとおりに自己紹介した。

「なんだ、本当にただの知り合いなんだ。一瞬、期待したのに」

本当に期待させるような関係だったらいいと思いつつも黙っていると、周はすっかり困惑したように

「もういいからさ、先に帰ってくれる？　俺はまだ見て行くから」

そう言われても彼女は平然とした顔で周を見ると、言った。

「あんた、あいかわらず狭量だね」

「心は広いほうだよ。ただ今は試合で疲れてるし、相手する元気がないんだよ」

「疲れてるって、あんな変な顔した相手一人倒せなかったのに、そこまで疲れる理由があんたにあるわけ？」

「勝てなかったのは俺のせいだけど、今、疲れてるのは間違いなく姉貴のせいだよ」

その一言で私はようやく彼女が彼の姉だということを知った。

「何を甘えたことを。結局、お父さんの一人勝ちだよ。あんたが勝つことに賭《か》けてやったのは私だけなんだから、それだけでも感謝しな」

やっぱり賭けていたのかと、周は呟《つぶや》きながらため息をついた。

「周は反射神経はいいけど、イザってときに押しが弱いから負けも勝ちもしないだろうっていうのがお父さんの予想だったよ」

「それはまあ、たしかに当たってるけど」

「言っておくけどあんた、次に私の持ち金を減らしたら許さないからね」

周は堪《たま》り兼ねたように彼女の腕を摑《つか》むと、有無を言わせずに会場の外へ引っ張って行った。ドアの外でもしばらく揉《も》めていたが、やがて彼女が帰っていくのを確認すると、周は試合直後よりも疲れたような顔で戻ってきた。

「大丈夫？」

「すみません。変なところを見せて」

彼が気にしているようだったので
「けど楽しい人だね」

フォローするつもりでそう言ったが、周はため息をついてから
「今の、けど、の前にはどんな言葉が来るんですか」

聞き返されて返事に詰まった。周は笑うと
「気を悪くしたらすみません。あんまり気にしないでくださいね」

そんなことは心配しなくていいと告げて、私は呼んでくれたことに対するお礼

を言ってから、最後まで残っていなくてはならないという彼と別れて会場を出た。

帰りの電車は混んでいた。ドアから外へと目をやると、立ち並ぶ住宅街は暗すぎて海の底みたいだった。座っている人たちは軽くうつむいて健気《けなげ》に眠ったふりをしている。そんなに席をゆずるのが嫌なら堂々と顔を上げて座っていればいいのに、杖《つえ》をついたおばあさんが二人ほど立っている車内は軽い緊張感に満ちていた。

電車を乗り換えるために降りて、新宿《しんじゅく》のホームから柳さんに電話をかけた。明かりの漏れる高層ビルや雑居ビルが寄り集まって建っているのが見えた。始まりと終わりのない人波が果てしなく流れていく。

柳さんはすぐに電話に出た。騒がしい場所から彼の声を聞くと、まるで眠っている赤ん坊を抱いているように静かだった。

「柳さん、橘です。たしか今月、一回分キャンセルした日がそのままでしたよね」

ノイズのむこうでかすかに波音が聞こえた気がした。柳さんはゆっくり息を吸

うと
「そういえば、そうだったね。たしか大雨が降った日だ」

彼は一定の早さで吸った息をきれいに吐き出して、言った。

「これから行っても大丈夫でしょうか」

平気だと彼は快く承知してくれた。今日はキャンセルが何人か出て、ちょうど生徒が少ないということだった。

電話を切ってから、夕方の混雑した電車にふたたび押し詰められるようにして乗った。

一度、家に帰って道具を取ってから、柳さんのところへむかった。来ていた生徒さんたちは、たしかにいつもより少なかった。静まり返った和室に墨を磨《す》る音だけが響いていた。

濃い墨の色は、ユウちゃんが生まれるずっと前に、母と義父と三人で一度だけ行ったスキー場の真夜中の針葉樹林を思い出させる。

雪が光を反射して地面だけが明るく、葉の隙間から見える景色はひたすら暗闇に満ちていた。

何も見えなかったというよりは、暗闇が見えていたのだ。この墨のような闇が、山の夜の風景そのものだと。だんだん濃くなっていく墨を見ていると妙にしんとした気持ちになるのは、あの景色を見つめた瞬間に似ていた。

蹴鞠《けまり》の名人だった藤原成通《ふじわらのなりみち》という人が、夜に墨を磨っていたら蹴鞠の精が出てきて、蹴鞠と一緒に空を飛びたいという彼の願いをかなえてくれる夢をみたという話を、前に柳さんから聞いたことがある。私は日本史に詳しくないので藤原成通が何をした人だとか、本当の話かどうかはともかくとして、墨を磨っていると、だんだん違うところに引き込まれていく感覚は分かるので、その話を聞いたときには妙にリアルな印象を受けた。

そんなことを考えながら行雲の二字を書き上げて柳さんのところへ持っていくと、私の顔を見るなり

「なんだかいいことがあったみたいだね」

字まで浮かれていると、彼は筆先で半紙を指した。表情はいたって真顔だが、

後の言葉はただの冗談だろうと解釈しつつ
「さっき、電話で話したときに波音がしたような気がしましたが」

そう訊いたら、彼は、このCDだろう、と机の下から引っぱり出した。浜辺の風景写真のジャケットだった。

「波音だけが入ってるCDなんだ。生徒さんが途切れたときに流して一人で聴いていたら気分だけでも海辺だったよ」

「柳さん、旅行でも行きたいんですか？」

行きたいけど自分の妻は遠出するのが嫌いだし、春の海は妙に風が強くて砂だらけになるからたまらないと言ってゆずらない、彼はそう答えて顔をしかめた。

時々、二階から降りて柳さんにお茶を運んでくる小柄な奥さんは、すっと現れてはすっと消えてしまうので、みんなの間ではまだ幽霊のほうが存在感がある、とても印象の薄い人だと言われている。

「それより、いいことがあったように見えるのは気のせいかな」

私は少し考えてから

「そうですね。今日はなかなか楽しい一日でした」

そう答えたら柳さんは満足そうに頷《うなず》いた。

「それは良かった。最近、教室に来ている若い子たちが口をそろえて、毎日楽しいことがなくてつまらないなんて言うからね」

「けど、楽しいか楽しくないかは本人次第だと思いますよ。うちの母なんて、とくに楽しいことがなくても、いつも楽しそうだし」

柳さんは納得するように深く頷いた。

「家の中は生活の基本だからね。僕もこの仕事のおかげで三食すべて家族と一緒に食事ができる。幸せな生活だよ」

家族と一緒とは言っても、子供のいない柳さんにとって毎日一緒に食事をする相手は奥さんだけで、それはつまり二人が円満すぎるほど円満だということに他ならないのだった。

「橘さん」

添削を終えた彼は、今度は何を言われるのだろうと顔を上げた私に言った。

「上達したね。もう次の文字を練習していいよ」

自宅で練習していた甲斐《かい》があったと、私は喜んで自分の机に戻った。

上機嫌で家に帰ると、母が机にむかって紙になにやら書き込んでいた。

「どうしたの？」

たずねて手元をのぞき込んだら
「ユウちゃんが小学校で、自宅周辺の地図を書いてくるように言われたんだって。ほら、何かあったときに住所だけじゃ分かりづらいから」

そう言われても、プリントにはシャーペンで子供が描いたヘビのような曲線の重なりが記されているだけだった。私はため息をついて
「お母さん。それを見ただけでうちまで来れる人は、見なくても来れると思うよ」

「ふみちゃん、これは略図っていうの。知らないの？」

略しすぎにもほどがあると、分かりにくい箇所を指摘して書き直しを手伝って

いたら、母は急に思い出したように
「それより市倉君とはどうなったの？」

好奇心に目を輝かせて、女友達みたいな聞き方をした。

「試合は引き分けだったね。初めて見たから詳しくは分からないけど、動きも速かったし格好良かったよ」

その続きを期待する顔で私の言葉を待っているので、おしまい、と言って立ち上がった。それだけじゃないはずだと疑う母を置いて、台所で夕食の残りの肉じゃがとごはんを食べていたら、ユウちゃんがきて、小さな箱に入ったクッキーをこちらに差し出した。

「クミちゃんの家で、みんなで作ったの」

耳が欠けたウサギやゆがんだハートのクッキーは、香ばしい匂いを漂わせていた。食べてくれと言われたので私は一つ摘《つ》まんで口の中にほうり込んだ。

「え？」

奇妙な歯ざわりで、何度か嚙《か》むと生地が口の中で練られていく感触があった。

ちゃんと焼けていないと思いながらもなんとか飲み込むと、となりで妹が大きく目を開いて誉め言葉を待っていた。

「おいしい？」

「うん。まあ、あと十分ぐらいオーブンの中に入れた後のことを考えれば、おいしいと思うよ」

気を良くした妹にもっと食べてくれとせがまれて、すっかり困っていたときにタイミングよく電話が鳴った。私は妹の腕を擦り抜けて受話器に飛びついた。

「はい、橘ですが」

「もしもし、俺です」

ちょっと待ってくれるように告げてから、私はすぐに母のほうへ受話器を差し出した。だれからの電話だと小声でたずねる彼女に、ユウちゃんのパパ、と私はつられて小声で返した。

母の二番目の夫からはたまに電話がかかってくる。気がむいたときにユウちゃんを食事や買い物に誘うためだ。毎日面倒を見るのは大変だけど自分の娘として連れて歩くにはたしかにユウちゃんはおとなしいし可愛らしい、と考えてから、ひねくれたことを考えてしまったと冷静になった。母が再婚したときにはすでに私が成長していたせいか、どうも私たちの仲はよそよそしい。

明日《あした》はバイトだから早く寝よう、と部屋に戻ると、携帯に周からの着信履歴が残っていて、よかったら今度一緒に出かけないかというメッセージが吹き込まれていた。

MDのコンポとウォークマンを買いに行くので付き合ってほしい、と言う周と、次の日曜日に秋葉原《あきはばら》の電気街に出かけた。

一人で選んだほうが早いのではとも内心思ったが、遊園地や映画よりも並んで歩いている時間が長く、いろんな電気屋を次々と渡り歩いていると、一ヵ月前も一年前もずっと彼とこうして休日を過ごしていたような気がした。

空はすっきりと晴れて、シャツの背にはうっすらと汗がにじむほど暖かく、店頭の電気機器が日差しを受けて光っている。

電気街というのはアニメ関係のグッズが豊富で、妙な雰囲気に包まれているイメージを抱いていたが、それよりも立ち並ぶ電気屋の恐ろしい数に驚いた。

店に入っていくとゲームやその攻略本、箱に入ったフィギュアが棚にぎっしりと並んでいた。

飾られていた人形の一つの、芸能人でもちょっと考えられない体型の女の子を興味本位で四方八方から眺めていたら、周があきれたように私の肩を叩《たた》いた。

「あの、俺はあそこに置いてあるヤツが良いと思うんですけど、どう思います？」

そう言って指さしたのは、店の入り口に展示されていたシルバーのコンポと、同じメーカーの青いウォークマンだった。いいんじゃないかと相槌《あいづち》を打ってから、少し返事が適当だったかと思い直して
「シンプルが一番だと思うよ。あんまり大きくないところもいいね」

そう付け足したら、周は賛同するように頷《うなず》いて店員を呼んだ。

自宅まで配達してもらうように手続きしてから、店を出た私たちはしばらく街

をうろついた。

一軒の店の前で、周がショーウィンドウごしのテレビを見て立ち止まった。若いアメリカ人らしき男の人たちが木に登ったり平原を走ったりとにかくそんなことをくり返していた。手足を縛られた格好でプールを泳いでる姿を見て、私はこれは何かと周にたずねた。

「たぶん、アメリカの軍隊か何かの訓練風景じゃないですか」

「ここ、何の店?」

「エアガンみたいですね。見て行きますか?」

テレビには実際の戦場の風景も淡々と映し出されていた。こんなふうに戦争の映像を見ながらエアガンを買いたいと思うことも妙だと思いながら少しだけ中に入ると、店内にはたしかに大小のエアガンが陳列されていた。実際に銃弾は入ってないと分かっていても、ずっしりとした威圧感を感じた。

ふと、子供の頃に似た物が家にあったことを思い出した。触らせてもらったことはないけれど、あれはたしか父の物だった。

値札を見ると、一万円を超す物がほとんどだった。

「意外に高いんだね」

ショーケースの中をのぞき込んでいると周が一つ一つ説明してくれた。

「ああ、サムライエッジだ。これはテレビゲームの中で出てくるんですよ」

と言ったり
「ねえ、そのとなりは『フルメタル・ジャケット』の中で使われてた物のモデルだって。あの映画、見たことある？」

「ないです。ふみさんはありますか？」

そんなふうに話していたら、店員が鍵《かぎ》でショーケースを開けていくつか取り出してくれた。

持ってみると思っていたよりも重かった。本物なんか見たことないけど、少なくとも想像上の本物には十分すぎるほど近い。

お礼を言ってから店員に返すと、またすぐにショーケースの中に戻して鍵をかけていた。

「先週、外のガラスが割られていくつか高い物が盗まれたんで、用心してるんですよ」

アゴにヒゲを生やした大学生風の店員は頭を掻《か》いてレジに戻った。

店を出ると空気が軽くなって、私はため息をついた。

「おもしろかったですか？」

私は頷いてから、外のショーウィンドウに飾られていた物を指さした。

「あの右のやつはなんて言うの？」

「あれはマシンガンですよ。あれも似た物が映画で使われてたかな。えっと、名前が」

「ああいうのって人を撃って遊ぶ物だよねえ」

「は？」

周は素早く首を横に振った。

「だって、撃たれたことあるよ。そうやって遊ぶ物じゃないの？」

彼はさらに顔を曇らせて首を横に振った。それから強い口調で言った。

「そういうゲーム中の場合をのぞいて、人や動物にむかっては撃たないっていうのが正しいコレクターの常識ですよ」

まあ常識なんて最初からほとんどない人だった、と思いながら話を聞いていると
「だれがそんなことしたんですか」

少し怒ったように周が言ったので、私はおどろいた。

「どうして怒ってるの？」

それは、と少し言葉を選ぶように口ごもってから
「危険だからですよ。いくら偽物でもプラスチックの弾は出るんだから、それが当たれば相当に痛いし、目を狙えば失明するかもしれない」

「なるほど」

それは目に当たらなくて良かったと相槌を打つと、周はまだ納得がいかないという顔でこちらを見ていた。

私がごはんでも食べに行こうと誘ったら、自分が付き合わせたのだからおごる

と言って、彼は安くておいしいという中華料理のチェーン店に連れていってくれた。少し混んでいたが、すぐに席が空いて、私たちはむかい合って座ることができた。

チャーハンや水ギョーザを二人で取り分けて食べていると
「そういえば、姉から預かってきた物があるんです」

唐突に言われたのできょとんとしていると、彼は自分のカバンの中を探って青い小さな紙袋を取り出した。

「たぶん、この前、恋人と西伊豆《にしいず》まで旅行に行ったときのお土産だと思うんですけど」

「私の分も買ってきてくれたの？」

おどろいて受け取った袋を開けた。

「俺、ずっと男子校だったから、あんまり女の人の友達っていなくて。ふみさんを見て、家に帰ってからもなんだか姉は喜んでましたよ」

やはり変わった人だと思いながら開けてみると、貝殻の形をした銀のピアスが入っていた。

「ありがとうございます、てお礼を言っておいて」

周は頷いてから、水の入ったコップを口に運んだ。

「ふみさんって、普段はどんなふうに過ごしてるんですか」

「バイトをして、あとは家の手伝いをしたり妹やペットの面倒を見たりしてるよ」

「妹がいるんですか。良いですね」

彼が本当にうらやましそうに言ったので、私は少し笑った。

「ペットはなにを飼ってるんですか」

「モルモット」

「ああ。最近、人気があるみたいですよね。小さくて飼いやすそうだし」

「それはたぶんハムスター」

その十倍以上の大きさがあることを告げると彼は笑った。

「周はどんなふうに過ごしてるの?」

「俺は、普通ですね。学校へ行って、友達と遊んだりバイトをしたり。その合間にジムへ行って練習したり」

「バイトって何をしてるの？」

「前まではピザの宅配をしてて、先週から、新しく居酒屋で始めました」

そう話す彼からは健康的な空気が漂っていた。体から、生活や家庭や日常のさまざまな良い要素が発せられている。きちんと段階を踏んで相応に成長してきたのだと分かり、見ていて気持ちのいい人だと思った。

食後のジャスミン茶を飲みながら、二人でテーブルの上の空っぽのお皿を見ていた。

「これからどこに行きましょうか」

買い物はすんだし、もう帰るのかと思っていたので意外な一言だった。どうしようかと言い合ったものの、私はあまり普段からいろんなところへ出歩くほうではないのですぐには思い浮かばず、一方、彼は自分の用事に付き合わせたからと今度は私に希望を出してほしいようだった。

「ここからだったら近いし、浅草《あさくさ》でも行こうか。今年、まだどこにもお参りに行ってないんだ」

そう提案すると、そうしよう、と彼はすぐに頷《うなず》いた。

五月の浅草寺《せんそうじ》は清々《すがすが》しい空を背にして、適度な混み具合だった。お正月しか来たことがなかったので歩きやすい人通りが嬉《うれ》しく、お店に並んだ提灯《ちょうちん》やらお面やら、その場の勢いだけで買ってしまって困るような土産物を二人でながめた。焼きたての人形焼きをじっと見ていたら、周が買いに走ってくれた。紙袋に入った二つの人形焼きを差し出されて

「なんだか、おごられてばっかりで悪いね」

そう言ったら、周は少し驚いたように

「いつも、そんなことないんですか」

「どうだろう。けど、ちょっと悪い気がしたから」

そう言いながらも買ってきてくれた人形焼きに手を伸ばすと、食べた瞬間に湯

気があふれて香ばしい匂いがふっと広がった。

「けど俺、払うのもふくめて楽しいから」

「楽しいの？」

「はい」

そうか、楽しいのか、と妙に納得して、それならこっちもあまり気を使いすぎるのはやめようと思った。その代わりに次の食事代は私が出すと約束してから、お参りをした。願い事を訊《き》かれたが、お金持ちになるという小学生みたいなことだったので、笑ってごまかした。

裏道へ入って行くと、本屋や靴屋や大人のおもちゃ屋や古道具屋やらの関連性のない店が、似たような雰囲気を漂わせて並んでいた。周はガラスごしに、見るからに偽物の高級腕時計をおもしろそうにながめていた。

「この文字盤に光ってる大きい石がダイヤなんて、ぜったいに嘘ですよね」

本当なら6と12の数字が記されているはずの部分に、透明な石がはめ込まれている。この石の大きさで五万円というのもありえない話だ、と二人で顔を見合わせて笑ったが、似たような商品がずらっと並んでいるからには買う人がいないわけではないのだろう。

「そういえば、私の通ってる習字教室の先生は浅草で育ったんだって」

「習字なんて習ってるんですか」

頷くと、今度、書いたものを見たいと言われた。

「べつに見せるほどのものじゃないよ」

「子供のころから習ってたんですか？」

「ううん。一年ぐらい前から」

友達に字がヘタだと馬鹿にされたのがきっかけだったが、習い始めてからは技術を身につけること以外でも充実感を覚えて今に至っている。

人それぞれ同じ言葉でも喋《しゃべ》り方によって与える印象が違うように、文字も同様で、だれにでも共通の言葉が私だけのものに変わってすっと紙の上に現れるのは不思議な気分になる。

「それでね、その先生が、子供のころはずっと浅草に住んでいて、両親がお好み焼き屋をやってたから夜のほうが忙しかったんだけど、親が働いてる近所の子供たちは一つの家に集まって食事したり遊んだりしてたから、ちっとも淋《さび》しくなかったって」

「それって良いですね。今は一人で夕食を食べる子供が多いから」

そんなことを話しながら大通りに出ると、キリスト教に興味はないかと片手に薄い冊子を持った若い女の人が近づいてきた。まだ大学を卒業したばかりという感じで、紺色のスーツを着て上目使いに話す口調は少しどもっている。何度か断ったのに、意外としつこく後をついてきた。

「あの、信じてるとか信じてないとかではなく、じっさいに神様はいらっしゃるんですよ」

言い方はソフトでも、どこか押し付けるようなその言葉に、ずっと聞き流していた周が
「知ってます。それ、俺のことです」

あっさりと答えたので、ようやく彼女は言葉を濁しながら退散していった。

空いてきた大通りをあてもなく歩いていると、ゆっくりと遠くのほうから夕焼けが流れてきた。地面に落ちた人影と景色が同じ色に染まる。

どちらが言い出したわけでもなく駅にむかった。

帰りの電車では少しだけ離れて席に座った。最初はひざの上に手を置いていたが、なんとなく落ち着かなかったのか周は黒いパーカのポケットに両手を突っ込んでから
「楽しかったです。またどっか行きましょう」

そう言って笑った。

「次はどこにしようか」

と聞き返したら、マジメな顔で少し考えて
「どこでも良いけど、今日みたいなのが良いです」

「今日みたいなの?」

横顔をぼんやりと見ながら聞き返すと、頷いた。

「俺、原宿《はらじゅく》とか渋谷《しぶや》とか、あんまり好きじゃなくて。歩いてるだけで消耗するよ

うな感じがするし、落ち着かないんですよね」

じゃあどこが好きなのかとたずねたら、自分の地元はずっと池袋だったと彼は言った。

「中学生のときから夜中に駅前の公園で友達と遊んでましたよ。なんとなくずっと変わらない空気が残ってるから居心地が良いのかな」

私は相槌《あいづち》を打った。彼の話を聞いていると、すぐに降りる駅が近づいてきた。

「それじゃあ、また今度」

電車を降りてから笑顔で手を振る周にさらに大きく手を振って、私は家にむかった。

アパートのドアの前で鍵《かぎ》を探していると、裏庭のほうから聞き覚えのある声がした。

アパートには、狭いけれど雑草の繁る小さな庭がついている。そこで母とユウちゃんがクローバーの生えている地面にしゃがみ込んでスプーンで土を掘り返していた。

「なにやってるの？」

ユウちゃんは振り返ると、足元を指さした。

モルモットが彼女の影の中でじっと動かぬまま、丸くなっていた。まさかと思って触ってみると、すでに体の奥のほうが固かった。

ユウちゃんはじっと死んだモルモットを見ていた。薄茶色の毛が夜風に軽く揺れていた。胸にはいつの間にか椿の花が落ちて、それは開いた傷口のようだった。その胸に人差し指で触れながら、人形になっちゃった、とユウちゃんは囁《ささや》くような声で言った。

「朝まで元気だったのに」

私が呟《つぶや》いたら

「友達の家から帰って来たら、もう、こうなってた。死ぬと、みんなこうなるの？」

そういえばユウちゃんはまだ人が死ぬところを見たことがなかった。私が幼いころに病気で亡くなった遠い親戚《しんせき》のおじさんのことを思い出す。

「いや、自然の一部になっちゃうのかもしれないね」

自分でもよく分からないまま答えた。もう生きてはいないもの。よく考えると、すごく奇妙だった。お葬式で柩《ひつぎ》に横たわった親戚のおじさんを見たときに感じた違和感。人だったのに、もう人ではない。生き物だったのに、もう生き物ではない。すっかり熱を失った体は、脱皮したセミが残した抜け殻のようだった。

「二人とも冷静なんだね」

黙り込んでいた母がふいに言って、私は彼女を見た。

「お母さん、泣いてるの?」

「だって、毎日一緒にいたじゃない」

母は淋しそうにぽっかりと空いた穴を見つめた。家に帰ると時計の秒針のように響いていた、モルモットの動き回る音が明日《あした》からなくなる。

「さっきユウちゃんと二人で動物病院に連れていったら、残念ですけど、だって。残念ってよく使うわりに、ちっとも礼儀正しくない言葉だね、ふみちゃん」

まあ仕方がないんだけどさ、と母は呟いてから、空いた穴の中にモルモットを入れて、上から土をかけた。手元を照らす月明かりが透き通って青かった。バイバイ、と呟いてユウちゃんが手を振った。それから三人で手を合わせた。

みんなで食事に行こうと誘われた。母にそう言われたので、みんなとはだれかとたずねたら四人だという答えが返ってきた。指折り数えることもなく一家は三人なので、だれに誘われたのかと訊《き》くと、前のお父さんだという答えが返ってきた。前のお父さんとは二番目の父親かとたずねたら

「ああ、本当にややこしいんだから」

堪《たま》りかねたように母は呟いたが、その母がややこしくした張本人なのだから、少しあきれてしまった。

母は、ユウちゃんのパパだと付け加えてから

「たまには豪華な物でも食べないと」

あまり気がすすまなかったが、まあ、たまにはいいだろうと思って適当に返事をした。義父は自分の時間に余裕ができると、気まぐれで私たち全員を食事に誘

うことがある。

約束の日は、春だというのに夏近い気温の高さで、今にも額から汗が流れてきそうだった。

母の趣味で派手なピンク色のワンピースを着たユウちゃんの手をつなぎ、女三人で家を出た。駅前までの道はあまり日陰がない。まぶたを閉じても光が差しているのを感じた。

義父は品の良いスーツを着て、駅前に立っていた。目的地のイタリア料理店まで並んで歩く三人を、私は後ろからながめた。こうやってみると平和な親子だと感じ、別れるまでに朝も夜も絶え間なかった諍《いさか》いの記憶のほうが幻みたいだった。

家が静かだったのは義父が仕事に出かけている昼間だけで、その代わりに一切の音を失った家の中は、使われなくなって放置された船のようだった。海に出なければ船ではないし、家族でなくなったら家の意味はない。ただ思い出だけがバラバラと床に転がっていて、時々、私の足を引っかけていた。

四角いテーブルを四人で囲むと、母と父が最近見た映画や本、世の中で起きている事件について話をした。

ごくまれに会話がこちらに飛んでくることもあるが、言葉を返しても、そこでつねに会話は途切れて発展することはまれだった。魚介のリゾットはちょうどよい塩加減でおいしかったが、やはり来なければ良かった、と一足先にデザートを食べているユウちゃんの頭を撫《な》でながら実感していると
「それで、ふみは、勉強のほうはどうなのかな」

唐突にその話題を持ち出されて、私は水を飲みながら答えた。

「いや、今はバイトをしてるから」

「そうですか。けどまあ、少しは勉強もしないと。使わないと覚えたことってていうのはどんどん忘れていくから」

まあひとごとではあるのだが、それでもあまりにひとごとなので、赤の他人よりも他人の会話のように思えた。デザートのチョコレートケーキは無言でひたすら食べていたために苦しくて、全部は胃に入りそうにはなかった。

そのとき、ユウちゃんがオレンジジュースの入ったグラスを倒した。あっとい

う間に白いテーブルクロスに染み込んで、滴が少しずつ垂れいく。

母が店員にタオルを頼んだ。義父は軽くユウちゃんの右手の甲を叩《たた》いて、広がっていくジュースを見ていた。

母とジュースを拭《ふ》き終えてから、私は先に帰ると言って席を立った。店を出ると母が後ろから追ってきたので

「お願い、私の分のお金を払っておいて」

財布の中から三千円を取り出して渡すと、母は苦笑いをして首を横に振った。

「あいかわらず居心地が悪かった？」

「うん」

未《いま》だに別れた夫と食事をする母を不思議に思いながら、私は自分の財布をカバンにしまった。

「あの人にも悪気はないんだけどね。ふみちゃんと、どう接したらいいのか分からないみたい」

「うん。分かってる」

分かってるならいいのだと母は言い残して、店に戻っていった。しばらく目的もなしに一人で駅周辺をうろうろと歩き回ったが、強い日差しの中で制服姿の中学生たちや買い物に来た主婦や背広姿のサラリーマンが雑然と流れていく風景を見ているうちに、疲れて、目についたスーパーマーケットに入った。

二階のフロアを独占する百円ショップで雑貨をながめていたとき、文具コーナーの前に見覚えのある女の人が立っていることに気付いた。

春物のグレーのニットを着て紺色のスカートを穿《は》き、ベージュ色のエプロンをしている。白髪まじりの髪をきっちりとまとめ、ボールペンを手にして目尻《めじり》にシワを寄せ、なにやら熱心にながめていた。

「あの、もしかして柳さんの」

思い切って声をかけたら、彼女はしかめっ面のままこちらを向いて、どうもこんにちは、と軽く会釈をした。柳さんが五十代後半で、奥さんは彼の一つ年下だと聞いていたが、もう少し年齢は上のように見えた。

「間違っていたらごめんなさいね。たしか、橘さんですよね」

「はい、間違っていないので大丈夫です。今日はお買い物ですか？」

彼女はその言葉に眉《まゆ》を寄せて頷《うなず》くと
「主人がいつも使ってる物と同じ種類のボールペンじゃなきゃいやだって言うものだから三軒もまわって探してるのに、まだ見つからないんですよ」

渋い顔でそう言った。喉《のど》に魚の骨が引っかかったようなクセのある喋《しゃべ》り方だった。一重のすっと横に流れるような目は、いかにも和服の似合う日本の女性という感じの目だ。

「そうなんですか、大変ですね」

「まあ、あの人の言うワガママなんて、それぐらいなんですけどね」

あまりに無表情なので気付くのに時間がかかったが、もしかして今の台詞《せりふ》には愛があるのではないかと思ったときにはすでに柳さん愛用のボールペンを求めて彼女は百円ショップを去っていた。

私は店を出てから、周に電話をかけた。頻繁にメールのやりとりはしていたものの、彼と電話で話すのは初めてだった。かすかに頭の中が混乱してしまうほど

緊張して呼び出し音を聞いていると
「もしもし」

一瞬、本当に本人の声か確信が持てずに戸惑った。

「もしもし、ふみさんですよね？」

名前を呼ばれてようやく彼だと確認できた。会って話しているときにはあまり意識しなかったが、電話で聞くその声は落ち着いていて聞き取りやすかった。

「今、大丈夫だった？」

部屋で雑誌を読んでいたという彼にこれから会えないかとたずねたら、もうすぐバイトなのだという返事だった。残念に思いながら電話を切ろうとすると
「バイトの後だったら平気ですよ。だいぶ遅くなっちゃうけど、それでも良かったら」

何時でもかまわないので連絡を待っていると告げて、私たちは簡単な話をしてから電話を切った。今のうちに夜にそなえて寝ておこうと急ぎ足で家へむかった。

周はバイトが終わった後に、私の家まで迎えに来た。早々に眠ってしまった母と妹を起こさないようにアパートを出て、近所の駐車場のワゴン車の陰でしゃがみ込んでいたら、闇の中でぼんやりと光るスクーターが近づいてきた。

「なんでそんなところにいるんですか？」

グレーのスクーターを止めながら、周は小さくなっていた私を見て笑った。

「ここのほうが待っているっていう気がするから」

私は少し小さな声で答えた。駐車場に落ちていた空き缶が風に転がっていく音だけが、大きく響いている。

「少し飲みにでも行きますか、それとも何か食べに行きますか」

私は両方がいいと答えて、ジーンズについた砂を払いながら立ち上がった。

スクーターには乗れないのでアパートの駐輪場に止めてから、私の自転車を出して、こいでくれるという周の後ろに乗った。

店のシャッターが閉まってコンビニだけが強い明かりを放つ夜の道を、彼は無言で自転車をこいだ。その背中に自分の体をつけると鼓動が二重に響いて二つの心臓を抱いた気がした。気の遠くなるような音だった。

「ちょっと遠いけど、大丈夫ですか」

走っている間に彼が発したのはその一言だけで、風に流されるように届いた声は、夜の中で灯《とも》った明かりに似てやけにはっきりと聞こえた。

私は頷いて、また黙った。


周が連れて行ってくれたのは、駅前にアリの巣みたいに密集するチェーン店ではなく、車以外はなにも通らない路上に建てられた、掘っ建て小屋より簡素な居酒屋だった。

彼はしょっちゅう友達と来ているらしく、焼き鳥のお皿を持った店主らしき男の人に明るい声であいさつをした。彼が笑うと、アゴの下でふっくらした脂肪が揺れた。店主は夜中に働く人独特の張りのある声でたくさん食べていくように告げてから、忙しそうに奥のほうへ消えた。

ビールやらサワーやらを飲みながら、お互いに取り留めのない話をした。店の天井近くに取り付けられた棚にはテレビが置かれ、ニュース番組が映っていた。周が家族の話をしようとしたとき、画面がぱっとなにかが激しく爆発する映像に切りかわった。二人とも話を止めてテレビを見た。

ニュースでは、イスラエル軍の攻撃で負傷したパレスチナの人々が仮設病院に運ばれていく映像が流れていた。仮設病院はこの居酒屋とも比べものにならないほど簡素で、仮に設置されているのもいいところだ。牛のモツ煮込みを突っつく手を止めて、私たちはしばらく画面を見ていた。

やがて、野球の話題に切りかわると

「俺、あんまり本って読まないんですけど」

唐突に周が言い出したので、私は少しきょとんとして顔を上げた。

「子供のころに読んだ話で、一つよく覚えてる話があるんです」

だれが書いた話かとたずねたら、分からないけど児童文学だったと彼は答えた。

「日本が核戦争に巻き込まれる話なんですけど」

それはいやな話だと思ったが、とりあえず黙って聞いていた。

「地下シェルターの中で男の子がひたすら地上の生存者を探して無線で交信する、そしてようやく応答してくれた女の子を見つけるために、放射能だらけの地上に出ていく話です」

私は相槌《あいづち》だけ打って、次の言葉を待った。

「男の子も放射能の影響で残り少ししか生きられなくて、それでも、遠くの町の地下鉄のトンネルの中でまだ生きているかも分からない女の子を探して会いに行くんです」

私はまだ黙って聞いていた。軽く俯《うつむ》いた周の顔が蛍光灯の明かりでやけに白く見えた。

「そういう話です。すいません、とくに何が言いたかったわけじゃないけど」

「その話、探してみようかな」

「見つけたら俺にも教えてください」

頷《うなず》いてから、周の後ろを見た私はびっくりして黙った。不思議そうに周が首を傾げた。

「後ろにお姉さんがいる」

彼も顔色を変えて振り返った。周のお姉さんはぴったりとした赤いTシャツを着て、ジーンズをあいかわらず長い足に穿《は》いていた。そして彼女よりもさらに十センチ以上も背の高い男の人を連れていた。

「せっかく夜中に女の子と一緒だっていうのに、こんな汚い居酒屋でのんきに酒なんか飲んでるなんて、あんたは本当に気の利かない男だね」

「なんでここにいるんだよ」

「この店をあんたに教えたのは私じゃん。忘れたの？」

そんなことは忘れたと言って、頼むから離れた席に座るように周は言った。二人のやりとりを聞いていた背の高い男の人は慣れたように笑っている。

「そういう自分だって夜中に恋人連れて、こんなところに来てるだろ」

「あんたが試合に勝てなかったせいでしょう。今だって十分に腹の出た父親をさらに肥えさせてどうするんだよ」

「人を賭《か》けのネタにするからだよ。それに、どうせ払うのは新田《にった》さんだろ」

「私が払わせてるような言い方はやめてほしいね。私においしい物をごちそうするっていうのが新田君の愛なんだよ。分かる？」

「そんなの分かんないよ」

「あんた、女とマトモに付き合ったことないもんね」

新田さんと呼ばれた背の高い男の人はますます笑っていた。私はすっかり黙って軟骨のからあげを突っつきながら二人の会話を聞いていた。

「まあまあ。二人ともそれくらいにしておきなよ」

そう言って新田さんがなだめたので、私はようやく口を開くことができた。

「あの、この前はお土産をありがとうございます」

途端に彼女は笑って首を振った。

「あんなので良かったら、またいくらでも買ってくるよ。こんな弟に貴重な時間を割いてくれてありがとう」

あいかわらず明るい声で言ってから、彼女たちは離れた席へ座った。

「ふみさん、そろそろ出ましょうか」

まあ彼にはそのほうが良いだろうと思ってジョッキの残りを飲み干そうとしていたら、なぜかカツオのたたきが載ったお皿が運ばれてきた。周がお姉さんのほうを見た。彼女は笑って軽く手を振った。

「どうする?」

たずねると、彼は少し考えてから結局、箸《はし》を手に取った。

「俺、店のメニューでこれが一番好きなんですよね」

周はあきらめたようにそう言って、お皿に箸を伸ばした。

すっかり満たされて眠気と戦いながら帰り道を自転車の荷台に揺られていたら、柳さんの家の前を通りかかった。塀のむこうに広い庭といつもの縁側が見えて、ふと庭で何かの光がちらちらと揺れていることに気づいた。ほんの一瞬だったが、懐中電灯を手に持った柳さんと奥さんが庭をうろうろしていた。暗闇の中で輪郭を失った二人の姿はおぼろげで、二匹の蛍がたわむれているみたいだった。

今のが習字教室の柳さんの家だと言ったら周はすぐに振り返ったが、そのときにはすでに街路樹に隠れて見えなくなっていた。

周は私をアパートまで送り届けた後、スクーターで自分の家へ帰って行った。

キーホルダーのぶら下がった鍵《かぎ》をできるだけゆっくりと鍵穴に差し込んで回そうとしたが、奥のほうで引っかかってしまい、結局、ドアを二、三回揺らさねばならなかった。

ドアを開けると、台所に長い人影が落ちていた。窓から入り込む仄《ほの》かな明かりの中で、母が煙草を吸っていた。

ただいま、と呟《つぶや》くと
「どうしたの、中学生みたいな顔して」

母はそう言って笑った。青白い煙が吸い込まれるように窓の外へ流れていた。

「妙な夜だなあ」

不思議そうに首を傾げた母に、私はなんでもないと首を振った。

「それより、まだ起きてたんだ」

「なんか眠れなくて。明日《あした》も仕事だから早く寝なくちゃいけないんだけど」

母はため息をつくように煙を吐き出した。

「ふみちゃんだって、わけもないのに落ち込むことってあるでしょう?」

私は流しでコップに水を汲《く》みながら、そうだね、と返事をした。

「仕事は忙しくても、あの人は子供の面倒もみなくていいし、余った時間がすべて自分の時間で自由なのよね。ふみちゃんはもう大きいけど、ユウちゃんはまだまだこれからでしょう。自分がずっと生活のためにひたすら働き続けるのかと思ったら、少し気が遠くなっちゃった」

「じゃあ、どうして未《いま》だに別れた後も、会うことを続けてるの?」

「たしかに一緒に生活するにはむいてなかったけどね。それでもあの人は一生ユウちゃんの父親で、それは変わらないから」

胸の奥が低く鳴った。母は吸いかけの煙草を灰皿にぎゅっと押し付けた。

「ああ、遠いところに行きたい。今度、三人で旅行でも行かない?」

そんなお金の余裕がどこにあるのだとあきれていたら、母は遠い目をした。

「行くんだったら暖かい国がいいな。景色がよくて、いるだけで浄化されるような場所。あるいは食べ物のおいしいところでもいいけど」

「じゃあ、とりあえずはそういう夢を見ることを期待して、もう寝たほうがいいよ」

あいかわらずふみちゃんは現実的だとぼやきながら、母はあくびをして部屋へと戻っていった。

私も顔を洗ってから部屋に戻り、寝間着に着がえてベッドにもぐり込んだ。そして夢も見ずに落ちていくように眠った。


ティッシュ配りのバイトは続けていたが、毎日働けるわけではないので、もう一つバイトを始めることにした。

飲食店関係なら食事が付くから食費が浮いて助かる、という母の助言を聞きつつ選んだバイトが道端でモデルルームの看板を持っているだけの仕事だったため、母は半ばあきれたように言った。

「どうしてふみちゃんの選ぶ仕事はいつも地味なの」

何が派手で何が地味かという基準はともかく、できるだけ特定の人とかかわるような仕事は避けたかった。以前、働いていたステーキハウスで店長にしつこく追いかけまわされて迷惑したことがある。いつも同じストライプのシャツを着て、普段はバイトのだれよりも声が小さくて聞き取れないような人だったが、ちょっとしたミスを注意するときには、お客にも聞こえるようにわざと大きな声を出した。仕事が終わった後で、送ってあげる、と徒歩十分の距離をむりやりタクシーに乗せられそうになったこともある。その店が狂牛病のあおりを受けてあっという間につぶれたときには、畜産農家の人たちには悪いけれど胸がすっとした。

朝、指定された場所に集合して、背の高い看板を持ってパイプイスに腰掛けて道に一日中いればよいだけの仕事だったが、始めてみると、朝から晩まで交通量の多い場所にいるので排気ガスを吸いすぎて、帰るころには喉《のど》が痛くなることもしばしばだった。

ただ、それ以外はとりたてて問題はなく、一日中だれとも話さない状況もとくに苦痛ではなかった。愛想笑いや言葉に気を使わなくてよいので気楽だった。ひまた時間にはたいがい周のことを考えた。二人で出かけた少ない思い出を何度も頭の中で再生しすぎてすり切れてしまうと、今度は知っている曲をかたっぱしから小声で歌い、最後には電柱の数をかぞえた。そんなふうに過ごしているうちに、日は暮れていくのだった。
　その日はバイト先から柳さんのところへ直接むかった。小さめに書いてしまった流水の二文字を添削してもらいながら、そういえば前に彼が奥さんと庭をうろついていたことを思い出して
「あれは何をしていたんですか?」
　たずねたら、彼は頭を掻《か》いて
「亀子《かめこ》がね」
　と呟いたので、私は首を傾げた。さらに柳さんは頭を掻くと
「妻が、縁側の雨戸を閉めるときに草の中で動いたのを見たって言うんだよ。だから探してたんだけどね」
　柳さんは、やはりいなかったと言った。

「亀子ってなんですか？」

「なんですかって橘さん、その名前で犬や猫なわけがないでしょう」

愛着があるんだかないんだか分からない名前だと思ったが、それは言わなかった。

「一週間ぐらい前に水槽から姿を消してね。家の中はずいぶん探したんだけど」

彼がため息をついたので、見つかるといいですね、と私は添削の終わった半紙を見ながら言った。彼は文字が小さいことよりも流のバランスが悪いことを指摘してお手本を書くと、すぐに次の生徒さんの添削を始めたので、私は席へ戻った。

バイトの後は少し体がだるく、同じ格好でずっと看板を持っていたために筋肉の張った右腕をさすった。

帰る間際、途切れることのない行進のようにドアから出ていく生徒さんたちを笑顔で見送る柳さんに、私はトートバッグの中から手土産を出して渡した。

「これ、駅前の和菓子屋で買った芋ようかんです。たくさん買ったので良かったら召し上がってください」

柳さんは嬉《うれ》しそうな顔で受け取ってくれた。

「芋ようかんはね、妻が大好きなんだよ」

私は会釈をして柳さんの家を出た。風はかすかな熱を含んでいた。見慣れた帰り道にあふれる瑞々《みずみず》しい夜を切り分けるように自転車で走った。

家では母がカレーを作って食べていた。干しぶどうの入ったバターライスに、温めたカレーをかけると柔らかい匂いが立ちのぼる。

空腹の体にどんどんカレーを詰めていると、母が冷蔵庫からヨーグルトと牛乳を混ぜた液体を取り出してグラスにそそいだ。

「はい。ラッシーみたいでしょう」

「犬?」

聞き返したら母はびっくりしたように

「インド料理の店に行くと飲み物でそういうのがあるのよ。聞いたことないの?」

母に正されたことが少し恥ずかしかったので、私は無言でそれを飲み干した。

洗い物をすませてトートバッグから芋ようかんを取り出すと、母は一瞬、期待に満ちた顔でお土産を見たが

「芋ようかんか。嬉しいけど、できれば芋焼酎《いもじょうちゅう》のほうが良かったな」

そんなことを言ったので、私は緑茶を入れて、さっさとユウちゃんが遊んでいる部屋にお茶を運び

「ユウちゃん。二人で芋ようかんを食べようね」

そう言うと、好き嫌いのない妹は大量の芋ようかんを前に目を輝かせて頷《うなず》いた。

二人で食べていると、何事もなかったかのように入ってきた母が芋ようかんを口に入れながら

「あのケージ、捨てるのももったいないし、だれかにあげたほうがいいかな」

と言った。モルモットの入っていたケージは洗った後、部屋の隅に置きっ放しになっていた。

ユウちゃんは一瞬、眉間《みけん》にぎゅっとシワを寄せて首を横に振った。

「ユウちゃん？」

「あげない。あのままにしておくの」

その口調がいつになく強いものだったので、私は頷いた。ユウちゃんはすぐにおっとりとした様子を取り戻して芋ようかんを口に入れた。母はユウちゃんの頭を撫《な》でながら、ふと
「最近、ユウちゃんのクラスで暴力をふるう男の子が問題になってるんだって」

と思い出したように言った。

「へえ」

と相槌《あいづち》を打ちながら、私はお茶を啜《すす》った。食後のお茶は、そうでないときに飲むお茶の何倍もおいしく感じる。

「授業中も、突然、立ち上がってどこかへ消えちゃったりするんだって。それで戻ってくると、となりの席の子の教科書を取り上げて泣かしたり。先生も困ってるんだって。先日の保護者会で言ってたの」

「お母さんが保護者会に行くなんて、めずらしいね。他の人たちと話が合わないからって今までは何かと理由をつけて逃げてたのに」

ユウちゃんの教育にでも目覚めたのかと思ったら、母は
「だって、新宿まで買い物に行こうと思って家を出たら雨が降ってきちゃったから。カサを買うのもばかばかしいし、雨宿りついでにね」

と空になった湯飲みを傾けながら言ったので、私はため息をついた。

「ユウちゃんも気をつけてね。ケガしてからじゃ遅いんだから」

母が溶けそうに柔らかいユウちゃんの頬をつっつくと、彼女はくすぐったそうに高い声をあげて笑った。

「相手との距離感とか、まだ分からない時期だからね」

話している間に芋ようかんの最後の一切れを食べてしまった母の口元を、ユウちゃんがうらめしそうに見ていたので
「また買ってくるよ」

と笑いかけると
「次はチョコレートがいい」

ユウちゃんはこっそりと、けれど聞こえるように口の中で呟いた。

洗濯やおふろ場の掃除を終えて、自分の肩を叩《たた》きながら郵便受けを見に行くと、卒業した高校からハガキが届いていた。なんだろうと文面を見ると、図書室から持ち出した本を返してくれという内容で一瞬ぎょっとした。

私の通っていた高校は演劇がさかんだったために、古い物から最新の物までかなりの数の戯曲集がそろっていて、その中の一部はすでに絶版になっていたり、どこの書店を探してもなかった物だった。

その本は卒業証書もアルバムもいらないからアレをくださいと散々頼んだ一冊だった。が、もちろん、あっさりダメだと言われたので、卒業式の前日に無断で持ち出してしまったのだった。

つまりは盗んできた物で、とうとうバレたかとため息をつく。ハガキには穏やかに非難する文章がつづられていて、最後には知らん顔してもムダだというおどし文句までついていた。これは逃げられないとすぐにあきらめて、私は本をカバンに入れて家を出た。

電車に乗ってから本を開くと、変色した紙の上で強い日差しが揺れていた。

この戯曲集はシリーズ物で、子供のときには全巻そろって家にあった物だった。眠る前に母や最初の父が、幼かった私に童話のように読み聞かせてくれたのだ。安部《あべ》公房《こうぼう》だとか唐十郎《からじゅうろう》だとか、その時の私には内容はよく分からなかったけれど、完全に二人の趣味でけっこう長く続いた習慣だった。

その中の八巻だけを、最初の父は、母と別れる際に持って行ってしまったのだった。

高校の図書室での八巻を見つけたとき、私は即座に借りて家に持って帰った。断片的にしか記憶に残っていなかったシーンは完全につなぎ合わされたものの、なぜ父が八巻だけを持ち去ったのかは分からなかった。

手元に置いておきたかったけれど、仕方がない。がら空きの車内では皆が平和にうたた寝をしている。そばのドアには汚れた新聞紙が張り付いていた。

駅から学校へは、通っていたときよりもずっと短く感じた。駅から遠くて、坂道が多くて、いつもゆううつだった。けれど時間に追われることもなくなった今、こうして歩いてみるとまったく違う道のようだった。

道路脇で雑草に混じったタンポポが揺れて、柳の木が垂れ下がった枝を左右に振っていた。

校庭では野球部が大きな声を出しながら練習していて、おだやかな騒々しさに包まれていた。事務室で図書館司書の先生を呼び出してもらうと、しばらくしてやってきた先生に本を渡した。一年前に司書になったばかりだという彼女は、黒い髪を日本人形のように切りそろえて赤い縁のメガネをかけていた。まだ若いのに妙にずっしりと落ち着いた雰囲気を漂わせている。

私が出した本を、かすかに日に焼けた手で受け取ると

「わざわざありがとう」

とこちらが盗んだことにはまったく触れずにほほ笑んだ。それから、他の先生たちにあいさつをしていくかと訊《き》かれたので、私はすぐに首を振った。

行事には仮病を使ってかならず欠席し、女友達と五人で授業をサボろうとして学校を出る途中に先生に見つかり、一台の自転車に全員で乗って逃げたこともあ

った。翌日に職員室に呼び出されて、お前らみたいな女はサーカスにでも引き取ってもらえと叱られるのを通り越して失笑をかった。あまり顔を合わせたくはない。

司書の先生に謝ってから、私はすぐに学校を出た。敷地だけは広い古びた校舎を振り返りながら、去ってからのほうが自分の学校だという意識が強くなっていることに戸惑っていた。

帰る途中に柳さんの家の前を通りかかったとき、彼が家から黒いカバンを持って飛び出してくるのが見えた。声をかける間もなく家の前に止まっていたタクシーに乗り込むと、あっという間に去ってしまった。

不思議に思いつつ家に帰ってテレビをつけた。ちょうど時代劇が始まったところだった。いつも展開が同じなので安心してハラハラできるところが好きで、私がテレビに熱中していると、仕事を終えた母が帰ってきた。

最近この周辺で子供を狙った痴漢が増えているので、児童館にあずけているユウちゃんを今から迎えにいかなくてはならない、と彼女は疲れた声で言った。ついでに買い物もしてしまうので一緒に来てくれと言われ、私は立ち上がった。

ユウちゃんのいる児童館は、保育園が簡素になった感じの場所だった。庭では女の子たちが花いちもんめをして遊んでいた。建物からは大騒ぎする子供の声が溢《あふ》れている。

職員の先生が出てきてユウちゃんを呼んでくると言ったが、他の子供たちが彼女に駆け寄ってきたので、私たちは自分で探すと言って中に入った。

大部屋に入ると、トランプや将棋やテレビゲームのカセットが床中に転がっていた。

まるで大きなオモチャ箱だと思ったとき、体の大きい男の子のそばでドミノを並べていたユウちゃんを見つけた。

私が母を呼んできたとき、体の大きい男の子がユウちゃんの足の下のマンガを取ろうとしていた。けれどドミノを並べることに集中していたユウちゃんは、そのことに気がついていなかった。

するとと体の大きい男の子がユウちゃんを思い切り後ろから突き飛ばした。ユウちゃんはまっすぐに床に倒れた。何が起きたのか分からないという表情で顔を上げると、額に張り付いていた小さな金属のロボットが落ちた。その下からすっと血が流れた。体の大きい男の子は顔色一つ変えずに立ったままそんなユウちゃんを見ていた。

次の瞬間、私が声を発するより先に、母はまっしぐらに体の大きい男の子のほうへ歩いていった。そして、その体の大きい男の子に勢いよく体当たりをした。相手はいくら体が大きいとはいえ小学生である。母に押し出されるようにして彼は開いていたドアから廊下へと転がった。

それでもさらに体の大きい男の子を追いかけようとする母を必死に止めていると、騒ぎを聞きつけた職員の先生たちが駆けつけた。その場の子供たちは遊ぶ手を止めて、目を見開いたままあっけに取られていた。

病院についてからもまだ憤慨していた母は、少し柳さんに似た穏やかな医師に、体の大きい男の子の暴力の一部始終を訴えていた。看護師さんたちからは同情的な相槌が聞こえていたものの、母の反撃の部分で驚いたような笑い声が漏れてきて、私は思わず下をむいてしまった。

手当を終えて病院から出ると、ずっと押し黙っていたユウちゃんが急に火がついたように泣き出した。大きな目から涙があふれてマツゲが濡《ぬ》れると、ふたたび母の怒りに火がついたらしく、ユウちゃんを抱きながら次々に仇討ちを思いついては提案するので、本当に実行に移すのではないかと私は内心びくびくしていた。

体の大きな男の子の母親が謝りに来たのは、その夜だった。どうやら彼がウワサの問題児だったらしく、親も手を焼いているのだと泣き出しそうな顔で話していた。

本人はどうしたのかと母がたずねると
「それが、いつもご迷惑をおかけしたお宅に伺うときには、かならず一緒に連れていって本人にも謝らせているんですけど」

「今日はどうしたんですか？」

私が訊いたら、相手の母親は眉《まゆ》を寄せて
「じつは、怖いからどうしても行きたくないって部屋に閉じこもっちゃって。あの子が怖いなんて言葉を使うのも初めてで、びっくりしたんですけどね。変ですよねえ、怖い目にあったのはうちの子じゃなくてユウちゃんなのに」

本当にすまないと頭を下げられて、私と母は思わず顔を見合わせた。

相手の母親が帰った後、それにしてもユウちゃんの額のケガが比較的すぐ治るもので良かったと、ノリのついたおせんべいを齧《かじ》る姿を見て心から思った。

すっかり落ち着いてテレビを見ていたときに、電話が鳴った。母が電話に出てから、私に受話器を差し出した。電話の相手は柳さんのところに通っている、比較的私と年齢の近い女の人だった。

首を傾げたのもつかの間、彼女の話に私は言葉を失った。遠くから響く鈴の音のような声だった。

柳さんの奥さんが先ほど亡くなられました。

そう彼女は言った。

小学生のときに一度だけ着た喪服代わりの黒いワンピースは当然だがきつくて、長身の母の服は丈や肩がいまいち合わず不格好だったために、仕方なく高校の制服で行くことにした。

卒業してから制服を着るのがこんなに気恥ずかしいことだとは思わなかったと考えながらお通夜に参加した。あまり柳さんとは話さなかった。高校生でもないのに高校の制服を着ている私と似たような気持ちで、彼が立ち尽くしているように思えたのは気のせいだろうか。悲しんでいると同時に、柳さんはなんだか居心地が悪そうにも見えた。

奥さんは出先のバスの中で席に座ったまま気を失ったので、しばらくだれも気がつかなかったらしい。意識のない奥さんを乗せてバスはそのまま昼間の町中を走行していたと、電話をかけてきてくれた女の人がそっと教えてくれた。

帰る途中に雨が降り出したので、あわててコンビニの下で雨宿りをしていると、三人組で通りかかった背広姿の男の人たちがカサを一本くれた。全員同じぐらい体内に大量のアルコールを注ぎ込んでいるようだった。カサは控えめなグレーのチェックで、バーバリーの紳士用だった。三人の中のだれかが帰宅後に叱られるのは目に見えていたが、呼び止める間もなく行ってしまったので、私はカサを差した。

しまったと思ったのは、薄暗いアパートの前で青いウィンドブレーカーのフードを被《かぶ》って小さくなっている周を見たときだった。

柳さんのことばかり考えていて、という言い方も妙だけど、とにかくすっかり彼との約束を忘れていたのだ。

謝りながら駆け寄ると、周は雨粒だらけの顔を上げて笑った。彼の体に近づくと冷蔵庫の扉を開けたときのようだった。

「ごめんね、本当にごめんね」

「ふみさん」

「とりあえず家に入ろう。服も貸すから」

「その格好、似合いますね」

一瞬あっけに取られていると、彼は私の着ていた紺色のブレザーを指さした。

「いや、これは決して高校生ごっこをしていたわけじゃなく」

そこまで言ってから説明するのは後だと気付いて、こちらを見て低い声で笑っていた周の腕を取って私は彼を家の中に連れていった。

「あれ、ふみちゃんってば一人で出かけたのに二人で戻ってきた」

どこで拾ってきたのかと失礼な冗談を言う母の横を通り抜け、早口で事情を説明しながら部屋のドアを閉めた。

こんなことなら片付けておけば良かったと、さりげなく本や雑誌を部屋の隅に寄せながら、周に着がえを渡した。私が持っている中で一番大きいTシャツと黒いジャージのズボンはかなり窮屈そうだったが、なんとか着ることができた。

「本当にごめん。風邪なんかひいたら私のせいだね」

「大丈夫。キックボクサーは丈夫なんです」

「そんな、プロレスラーだってボクサーだって、冷えれば風邪ぐらいひくでしょう」

二人で言い合いながら濡れた物を干していると、母が、温かいコーヒーが入ったと呼びに来た。

三人で食卓を囲むと妙な安心感があった。ユウちゃんの様子を見に行くと、一足先にベッドで気持ちよさそうに眠っていたが、額に貼られたガーゼが少し痛々しかった。

その話をすると、周が控えめに母の暴挙を誉めたために、彼女はすっかり機嫌を良くしてお菓子やサンドウィッチをすすめた。

私たちはそれから少しだけ柳さんの話をした。

「柳さん、落ち込んでた？」

母に聞かれて、私は思わず考え込んだ。周もチーズとトマトのサンドウィッチを食べながらこちらを見ていた。

「いや、なんだかあまり突然のことだから、柳さん本人もあまりよく分かってないみたいだった」

そんなふうに話しながらコーヒーを飲み終えた私たちは、それぞれの部屋へ戻った。

しばらく周と降り続ける雨を窓から見た。周が壁に貼ったポスターを見て、右側の女の人はだれかとたずねた。ジーン・セバーグだと答えると、たまに行く古着屋にも彼女のポスターが貼られているのだと彼は言った。

「そういえばモルモットはどこにいるんですか？」

「この前、死んじゃったの」

周が気を使うように黙ったので、私は少し落ち着かない気持ちになった。

話を変えるように
「ビデオでも見ようか」

彼が頷《うなず》いたので、私はテレビデオを置いた台の下からビデオを取り出そうとして、何本かのビデオを前にふと迷って手を止めた。

「派手ではないけど感動できそうな映画か、必ず最初におふろ場で女の人が殺されちゃうようなホラー物かコメディー。あと戦争物かアクション物。どれがいい？」

笑えるのが良いと答えたので『ビッグ・リボウスキ』を取り出してデッキにセ

ットした。

私はすでに何度か見た映画だったが、となりで笑っている周につられてやはり笑ってしまった。

ラスト近くで主人公たちが高い骨壺《こつつぼ》を買うのをケチって、死んだ友達の灰をコーヒーの缶に入れるシーンで笑いかけて、私はふと柳さんの奥さんを思い出して微妙な気持ちになった。私は彼女を好きでも嫌いでもなかったから、こんなところで思い出してしまうのかもしれないが、死んでしまえば柩《ひつぎ》だろうと骨壺だろうとコーヒーの缶だろうと本当は同じことだという気がした。

ビデオが終わると十一時をすぎていた。

やけに静かなので、様子を見に行くと、母は着替えもせずにユウちゃんのベッドにもぐり込んで一緒に眠っていた。

「お母さんまで寝ちゃったみたい」

私は部屋に戻ってから、周に言った。カーペットの上に座っていた彼は顔を上げた。

「じゃあ俺、そろそろ帰りましょうか」

外で会っているときは平気だったのに、自分の部屋で聞くとその言葉は妙によそよそしく響いた。かと言って、とくに引き留める理由もない。

しばらく黙っていると
「帰らないほうが良いですか」

そう訊《き》かれてさらに返事に困った。部屋の中は、かすかに雨の匂いがした。

「前から思ってたけど、ふみさんの家って三人家族ですか」

「うん。そうだよ」

そういえばもうすぐ誕生日だと、私はカレンダーを見た。

「お父さんって離れたところに暮らしてるんですか」

「どっちの？」

いつものクセで聞いてしまってから振り返ると、周が戸惑ったように見ていた。

あれから私はどれくらい成長したのだろうと疑わしい気持ちになって、ゆっくりと不安が押し寄せてきた。もっとずっと前から時間の止まっている場所が、自分の中にはあるような気がした。

「ユウちゃんの父親は離れて暮らしてるよ。私の父親は消えちゃったから知らないけど」

周が次の言葉を待っていたので、少し迷ってから詳しい話をした。彼は黙って聞いていた。

それから話が終わった後にゆっくりと口を開いた。

「ふみさんをエアガンで撃ったのって、その最初のお父さんですか」

「そうだよ」

次第に雨は弱まり、窓を打つ音もまばらになっていた。

「前に本で読んだんだけど、落ちてくるときの雨粒って、よく絵で描かれてるような涙の形じゃなくて、実際は上と下から圧力がかかってハンバーガーみたいな形をしてるんだって」

「俺、人の家族をどうこう言うのって好きじゃないですけど」

「うん」

「ふみさんの消えたお父さんってマトモじゃないと思う」

「分かってる」

「分かってるんですか」

私は頷いた。周はそれ以上、何も言わずに黙った。

最初からある程度、保たれた距離の中でなら見えてしまってもあきらめがつくことはある。たとえば、どちらが悪いという問題ではなくて私が義父と上手《うま》くいかなかったこと。

完全に割り切るというわけにはいかないが、それでも仕方がないという言葉の前に消えていく感情が、たしかにある。

ひどい目にあえばあうほど、いつかに期待してしまうのはなぜだろう。自分はまだ想像の中で生きている父に希望を捨てないでいる。離れて遠ざかるほど実像とは違う姿が頭の中で勝手に形成されていくのだ。まあ、とくに美化するほど立派な思い出もないのだけれど、それでもたくさんの記憶の中から希望を取り出そうとしてしまう。

「ふみさんって、昔からそうなんですか？」

その言葉に戸惑って私は聞き返した。

「そうって、なにが？」

「なんでも自分の中だけで終わらせてる気がする。まだ会ったばかりでそんなになんでも話してもらえるほど親しくなってないせいかも知れないけど。それでも、自分のことを話すのとか好きじゃないですよね。たぶん」

彼には十分に色々と話したつもりだったのに、そういうふうに思われていたことが意外だった。

「そんなことないよ」

床から素足を伝って、ゆっくりと冷えていくようだった。周はすっと目を細めた。

「喋《しゃべ》りたくないことはとにかく、俺、なんでも聞きたいし、聞きます」

「なんでも？」

なんでも、と彼はくり返してから立ち上がった。

「もう遅いし、そろそろ帰ります。ごちそうさまでしたって、お母さんにもお礼を言っておいてください」

周はぱっと雨の止んだ窓の外を見て、言った。私は何事もなかったように頷《うなず》いて、まだ濡《ぬ》れている洋服を紙袋に入れて渡した。彼はもう一度お礼を言ってから私の服を着たまま夜の中を帰っていった。

玄関まで見送ってから部屋に戻ると、室内には湿った空気と共に淡く残った周の気配がそこら中に散らばっていた。

お葬式を終えて、習字教室を一週間だけ休みにした柳さんのところへ、心配した母が食事を届けるように言った。私はお弁当箱に詰めた手料理を持って行った。

柳さんは縁側のある部屋にちゃぶ台を出して、昼食のしたくをしているところだった。塀の隙間からのぞいた私を見つけると笑って、時間に余裕があったら中に入るようにと言った。私は言われた通り小さな木戸を押して、中に入った。木戸のきしむ長くて低い音がした。

彼の昼食を見て、私はしばし沈黙した。白いゴマのかかった玄米になめこのみそ汁。里芋の煮物にアジの開き。納豆はパックではなくワラに包まれた高価なものだった。

「橘さんも食べるかい？」

私は首を横に振ってから、手に持っていた紙袋を彼に見せた。

「ちょうどお弁当を持ってるんで」

「それなら、それぞれ自分のお昼を一緒に食べようか」

頷いてちゃぶ台にむかった。少し冷めていたが、母のお弁当はよく出来ていた。服装にも部屋着と外出用があるように、料理にもあるのだと考えながら口に運ぶ。

いつになく私たちはいろんな話をした。柳さんは、来週には習字教室を再開すると言った。ただでさえ妻がいなくて生活が止まったようなのに、仕事の場がないのではさらに生活のリズムがくずれてしまうと明るい顔で言った。

「毎日していることと言ったら、家事と墨を磨《す》ることぐらいだよ」

「墨を磨っていると、やっぱり落ち着きますか？」

「そうだね。少なくとも、他のことをしているときよりはマシみたいだね」

強いバターの香りがするクッキーを出してもらって、紅茶を飲んだ。私は柳さんが和菓子よりも洋菓子が好きだということを初めて知った。

柳さんはついでの話をするような調子で、口を開いた。

「結婚する前に一つ約束をしたんだよ」

「約束ですか?」

私は聞き返した。彼は頷いた。

「後に残されるのはたまらないから、自分より長く生きてくれって。それが約束できないんだったら、一生だれとも結婚なんかしないし一人で暮らしていたほうがマシだって言われたよ。子供のころに母親が死んでから、彼女はずっと父親と二人暮らしだったんだね。

父親も悪い人じゃなかったけど、世界中どこを探しても自分の母親より愛情深い母親はいないっていつも言ってたよ。娘想いのとても優しい人だったみたいでね。そんな大事な人がある日いきなりいなくなったんだから、たしかに辛《つら》かっただろうね」

彼はそう言って、立派な前歯でクッキーを齧《かじ》った。

「まあ、どちらが先に死ぬかなんて天が決めることだとは思ったけどね、一応、約束はして、それだけじゃなくて安心させようと思って、いろんなことを始めたんだよ。

玄米、青汁、無農薬の野菜。鍼灸《しんきゅう》にも定期的に通ってヨガも習った。朝にはラジオ体操をしてから散歩に出かけた。薬はいつも漢方薬しか飲まなくなった」

「すごいですね」

私は言った。柳さんは目を細めて笑うと

「おかげでこの歳までほとんど病気をしなかったよ。気がついたときには本物の健康オタクになっていた。そして本当に約束通り、妻は去ってしまった」

まだ柳さんは笑っていたが、私は同じようには笑えなかった。

言葉は怖いよ、橘さん。柳さんは目を細めた。

「どんな言葉にも言ってしまうと魂が宿るんだよ。言霊って言うのは嘘じゃない。

書道だって同じことで、書いた瞬間から言葉の力は紙の上で生きてくる。そして、書いた本人にもちゃんと影響するんだよ」

こんなことなら一緒に百歳まで生きようと約束すれば良かったと呟《つぶや》く柳さんの話を聞きながら、いつの間にか、空になったお弁当箱にゆっくりと滴が落ちて、自分が泣いていることに気づいた。柳さんの奥さんが亡くなって、けっして自分が淋《さび》しいわけじゃないのに私のほうが泣いていた。

柳さんは泣かなかった。ただ、少しだけ笑ったまま私をずっと見ていた。

紅茶の湯気ごしに笑いながら柳さんが差し出したハンカチで、私はぎゅっと目頭を拭《ぬぐ》った。

柳さんは翌週には習字教室を再開した。最初は生徒さんたちも気を使っていたが、彼があまりにいつも通りなのですぐに以前と変わらない和やかな空気を取り戻していた。

周とは連絡を取っていたものの、お互いにアルバイトで忙しかったので予定が合わずに、あれ以来、会えずにいた。

その日、夕方にアルバイト先から帰ってきた私は落ち込んでいた。話しかける母の横を擦り抜けて部屋に閉じこもった。口を利くのすらおっくうなほどだった。

道端で看板を持って座っているバイトの最中に、足元を見るとスニーカーのヒモがほどけていた。私は電柱に看板を立てかけて、靴ヒモを結ぼうとした。その時、近くを通った母親と手をつないだ子供にむかって看板が倒れた。止めようとしたときにはもう遅く、顔は無事だったものの、ユウちゃんより少し年下ぐらいの女の子は泣き出してしまい、歯茎からは血を流していた。

一緒にいた母親が温厚な人だったから謝っただけで許してくれたものの、ひどいケガでもさせたら慰謝料を請求されるようなミスだったと責任者の男の人から叱られたことよりも、女の子の唇から流れていた真っ赤な血が忘れられずに、仕事の後も気分は重かった。

部屋でぼんやりと思い出しながら途方に暮れていると、周から電話がかかってきた。前に二人で行った居酒屋に友達が集まっていて、タダで飲み食いできるので良かったら一緒に行かないかと誘われた。

私が参加しても良いのかとたずねたら、だれが来ても平気だと言うので、人数合わせということだろうと思った。とはいえ、このまま部屋で落ち込んでいても仕方ないと思って、私は行くと答えた。

私が居酒屋へ着くと、周が店の前で待っていた。店の中では甲高い笑い声が響いて、若い空気が立ち込めている。まったくつながっていない会話が飛び交い、彼らは周を見ると、手を振ってきた。

席が空いていなかったので、私は周から少し離れたところに座った。私がジャケットを脱いでいると、となりに座っていた男の子が煙草の箱をこちらにむけた。

「私、吸わないから」

そう断ると、今度は手付かずだった梅酒のジョッキを差し出してから、自分は周と小学生のころからの友達だと言った。

「俺、井坂《いさか》っていいます。名前、ふみさんでいいんですよね？」

栗色に染められた髪は短く切られて、額は形が良かった。細い縁のメガネの下で丸い目が笑っていた。

「そうだけど」

なぜ知っているのかと思いながらジョッキをのぞき込んでいると

「この前、周の試合に来てましたよね。俺のことって覚えてないですか」

素直に覚えてないと言ったら彼は大きな声で笑った。離れた席で女の子たちに話しかけられている周の姿が目に入った。とくに派手というわけではないが、可愛い女の子たちばかりだ。周はその真ん中で無表情に相槌《あいづち》を打っている。

「すごいね、あの女の子たち。一見みんな普通っぽいのに、着てる服やアクセサリーは高い物ばっかり」

私が井坂君に耳打ちすると、彼は私の視線をたどってから

「親が買ってるのか男が買ってるのか、どっちにしても、ちょっとバイトして買えるような物じゃないですよね」

まったくだと私は頷《うなず》いた。

やがて時間がたつと、二次会に行くということで皆は移動を始めた。私は集団

で歩く女の子たちを少し離れてながめていた。

ふと、道路わきの駐車場から子猫を連れた白い猫が歩いてきた。母猫と同じ白い子猫は三匹もいて、春のせいか、とても人懐っこかった。女の子たちの集団は歓声をあげて猫のほうへ近寄っていった。

それを少し遠目にながめていたら、一匹だけ病気にやられたのか片目がつぶれかかって目ヤニを出している子猫がいた。その子猫だけが、駐車場の隅で警戒するように女の子たちを見ていた。二、三人の子たちがその子猫にむかって手招きをしたが、子猫はまったく近づいて来ようとしなかった。しばらくして母猫が低い鳴き声をあげると子猫は駆け寄っていき、猫たちは駐車場の塀のむこうへ消えていった。

女の子たちは残念そうに立ち上がって、また何事もなかったかのように歩きだした。

「周」

私はなんだか疲れたと思いながら、群れの中に立っていた彼の名前を呼んだ。

「私、そろそろ帰るね」

それを聞いてとなりに立っていた井坂君が、自分も帰ると言った。

「駅まで一緒に行きましょうよ」

「私、自転車だよ」

「じゃあ歩けるところまで送りますよ」

まあ好きにすれば良いと答えて私は歩き出した。周は何か言いたそうにこちらを見ていたが、友達に連れられて人込みに消えていった。妙な疲れが全身に寄りかかっていた。

「なんか、疲れてるみたいですね」

相槌を打ちながら、駅に吸い込まれていく人たちを目で追う。終電にはまだ早く、ほとんどが余裕のある足取りだった。

「井坂君は残らなくてよかったの？」

「俺、さわがしい女って嫌いなんです。ふみさん、まっすぐ帰っちゃうんですか」

「そのつもりだけど」

「二人でどこか行きましょうよ」

彼を見ると、あいかわらず愛想の良い笑顔を浮かべていた。

「帰ります」

そう答えたら、彼はまた大きな声で笑った。怪訝《けげん》に思いながら眉《まゆ》を寄せると
「冗談ですって。そんなに怖い顔しないでくださいよ」

そう言われて私は思わずため息をついた。

「井坂君、携帯電話が鳴ってる」

ジーンズの後ろポケットを指さすと、彼は携帯電話を見てから小さな声で、周ですよ、と予告して電話に出た。電話のむこうから、今、二人でどこにいるのかとたずねる周に
「分かんないけど、これから二人で泊まりに行くつもり」

顔をしかめた私の目の前で、井坂君は笑いながら電話を切った。

私はあきれて言った。

「君、本当に周の友達?」

「もちろん。試合の応援に行ったり一緒に悪いことしたり、一番の友達ですって」

「からかったらダメだよ。あの人、マジメなんだから」

「知ってますよ。周のやつ、今ごろ真っ青になってるだろうな」

あきらめて私はため息をついた。

「周とは付き合ってるわけじゃないし、君と消えたからってあせるとは思えないけど」

井坂君は少し驚いたような顔でこちらを見た。

「そんなふうに本気で思ってるんですか」

彼は周に電話をかけ直すように言い残してから、自分は付き合ってる女の子の家に行くと言って駅のほうへ歩いていった。

帰ろうとして自転車に乗ったとき、名前を呼ばれて振り返ると、周がいた。

「すごい。よく追いついたね」

周はたいして乱れていない呼吸を整えながら
「あのバカ、やっぱり冗談だったんですね」

そう言ってくやしそうに額の汗を拭《ぬぐ》った。

「嘘だって分かってたんですけど。それでもまさかと思って」

「そんなに汗かいて、よっぽど新陳代謝がいいんだね」

私はすっかり穏やかな気持ちになり、近くの自販機でオレンジジュースを買って周に渡した。

「今からふみさん、少し時間ありますか？」

渡したジュースを一気に飲んでから、借りていた服を返したいと言われて私は頷いた。

周は自転車の荷台に私を乗せて、自分の家にむかった。

三十分ほど走ると、住宅街にまだ新しい二階建ての一軒家が見えた。彼は少し待つように言って、家の中から洋服を入れた紙袋を持って戻ってきた。そして、こちらに紙袋を差し出してから、あ、と小さく呟《つぶや》いた。

「どうしたの？」

「すいません。こういうのって普通、洗ってから返すもんですよね」

「べつにそんなの気にしなくていいよ」

そう断ったものの、周はやっぱり洗ってから返すと言った。

高架下のコインランドリーは電車が通るたびに軽く床が揺れて、やけに小ぎれいなテーブルとイスが置いてある室内にはだれもいない。一台だけ乾燥機の回る音が響いている。

周が少ない洗濯物の後に洗剤とお金を入れると、同じように回り始めた。機械の振動が広がっていくようで、飲まれるようにして私と周は黙った。また自販機で買ったジュースを飲みながら、すでに一台は止まり、私たちの一台だけが回り続けるのを見ていた。

「だれも取りに来ないね」

私は言った。

「そうですね」

昼間のうちに神経を遣ったせいか、眠気がおそってきてテーブルにつっぷした。

周は置いてあったマンガ雑誌を捲《めく》っていた。そうしながら時折、こちらを見た。

「昼間、バイト先で失敗しちゃったんだ」

軽く顔を上げて言うと、周は雑誌を捲る手を止めた。

「俺も失敗はしょっちゅうです」

「うん」

「叱られましたか？」

すごく、と言ったら、周は、おつかれさまです、とマジメな顔で呟いた。

「こんな夜中に呼び出さないほうが良かったかな。気が利かなくてすみません」

「いいの。だれかと一緒にいたほうが気が紛れるから」

「俺なんかで良いんだったら、一緒にいますよ」

あまり上手《うま》く笑えずに、顔を伏せる。お腹が空《す》かないかと聞かれて、そういえばアルコールばかりで、ほとんど食事をしなかったことを思い出した。

周はそれを聞くと立ち上がって、駅前の閉店寸前のお弁当屋まで走り、二人分のお弁当を買ってきてくれた。

鶏のからあげやポテトサラダが入ったお弁当だった。私は黒いゴマのかかったごはんを食べながら言った。

「周といるときは、いつも食が充実している気がする」

そんなことはないと彼は笑った。色の落ちたジーンズを穿《は》いた男の人が大きな袋を持ってやってきて、乾いた服を素早く詰めて帰って行った。

「平和だねえ」

鶏のからあげは特別なタレで漬けてあるのか、噛《か》むと鶏肉の中から甘い醤油《しょうゆ》が溢れてきた。

「この店のからあげ、初めて食べたけど、おいしい」

周もつられたようにからあげを食べた。

「本当ですね。ちょっと変わった味がする」

「食べ終わったら、どこか泊まりに行こうよ」

周は顔を上げた。

「だって俺、着がえも何も持ってきてないですよ」

そういう問題なのかと一瞬、考えながら
「今、洗ってる服で良かったら、また貸すけど」

黙々と洗濯機の中で回り続ける私の服を横目で見ながら言うと、周は笑った。

「ふみさんて、時々、妙なこと言いますね」

「そんなことないよ」

彼は空になったお弁当の箱を、テーブルの上に置いた。その腕にはできたばかりの引《ひ》っ掻《か》き傷が何本も走っている。

「キックボクシングって楽しい？」

傷に触れてみたいと思いながら、私はたずねた。

「楽しいですよ」

「殴られて痛くないの？」

もちろん殴られれば痛いと周は言った。

「練習すれば多少は違いますけど、それでもやっぱり痛いですよ」

理解できないと首を横に振ると、彼は声を出さずに笑った。

「私の父親も昔、しょっちゅう殴ったり殴られたりして帰ってきたよ。顔中、真っ赤に腫《は》らして。それなのに母親が手当をしようとして消毒液なんか付けると傷にしみて痛いなんてカンシャク起こしてさ。かっこ悪いでしょう」

「俺、ケンカはあんまりしないから分からないけど、練習中に気持ちが妙な盛り上がり方をするときはありますよ。たぶん男って多かれ少なかれ、そういう衝動はみんな持ってるんじゃないかな」

「私のことは殴れる?」

つかの間、彼は怪訝《けげん》な顔でこちらを見た。

「なんでそんなこと聞くんですか」

「分からない。なんとなく」

「殴ったりしません」

彼は眉《まゆ》を寄せた。私は黙って頷《うなず》いた。外から生ぬるい風が吹き込んできた。

「頼まれても、それだけはしません」

「うん。知ってる」

洗濯が終わったら、と言いかけて私は口ごもった。どこか行こう、帰ろう、という言葉が交互に頭の中をよぎった。

「泊まりに行きましょう」

周が言い、私は頷いた。それから二人とも黙って振動を続ける洗濯機を見ていた。


無造作に手渡されたルームキーで鍵《かぎ》を開け、中央にベッドが置かれて、部分的に床が変色した室内に入った。取ってつけたようなハイビジョンテレビと、実際には音の出ない飾りのジュークボックスが無駄に場所を取っている。

湯船にお湯を入れてから、反対側にも似たような白いドアがあることに気付いた。

「あのドア、なんだろうね」

周も不思議そうな顔でそちらのドアに近づいていくと、少しだけ中をのぞいてから、すぐにドアを閉めてソファーに腰掛けた。

「この部屋、だから他の部屋より高かったんだ」

つられて私もドアを開くと、薄暗い中はハンガーに掛けられた白衣だの制服だのがずらりと並んで衣装部屋のようになっていた。異様な雰囲気にすぐドアを閉めてから、小さなポットでお湯を沸かした。

「紅茶とコーヒーと緑茶、どれがいい？」

「コーヒーでお願いします」

「たしかに高いわけだね」

ホテルの名前が事務的に入った白いマグカップでコーヒーを飲んだ。しばらくすると

「俺、オフロ入ってきます」

周が立ち上がったので、私は相槌《あいづち》だけ打って残りのコーヒーを飲み干した。すぐにヒマを持て余してテレビをつけたが、家でお茶を飲みながら見ているようなタレントや深夜番組をこんなところで見るのは違和感があり、すぐに消してしま

った。

することもなくてベッドにもぐり込むと急に眠気がおそってきた。それでもまさか眠ったりはしないだろうと思いながら、ほんの少しの心地よさを求めて目を閉じた瞬間、私はあっけなく眠りの中に引き込まれていった。


目を覚ますと、オレンジ色の照明がついたままの部屋の中で一瞬、ここがどこだか分からずに混乱した。

青いバスローブを着た周がとなりで犬か猫のように体を丸くして寝息をたてている。枕元のデジタル時計を見ると午前四時十五分だった。

仕方なくそっとベッドを抜け出して、まだ温かいお湯に浸《つ》かってからピンクのバスローブを着て戻った。なんでラブホテルのバスローブは男女おそろいの色違いなのだろう、双子みたいだと思いながらベッドに入った。周は寝返りすら打たずに安らかな眠りについている。

照明のスイッチを切って、完全に暗闇に包まれてから眠ろうとするとシーツの匂いが、やけに強く香った。こちらに背をむけた周の背中にそっと体をつけて手をまわすと、浮き出た鎖骨や柔らかい内臓を抱いた腹部の感触が薄いバスローブごしに伝わってきた。

私はしばらく途方に暮れたまま次第に体温差のなくなっていく体を抱いていた。先に眠ってしまったことを後悔すると同時に、迷子になった子供のような気持ちがした。

自分だけが目覚めていることを頼りなく思う感情がゆっくりと押し寄せてくる、その一方で、このまま彼がずっと目を覚まさないように願う気持ちもあって混乱した。

じょじょに慣れてきた視界に残像みたいな背中が映ると、このまま手をまわして首を絞めてしまいたいような衝動に駆られた。できない状況ではないと思うと、自分に対してすっかり無防備な彼にはげしく戸惑うような気持ちを覚えて、思わず彼の肩をつかんで揺すりながら、そんなに簡単に信用してはいけないと言いたくなった。一人でバカみたいだと思いながらも、自分が壊れてしまったのではないかと半ば本気で疑いながらそんなことを考えて目を閉じると、広がりも深さもない眼球とまぶたの間に挟まれたぎりぎりの隙間で新しい暗闇が生まれていくのを感じた。

翌朝、チェックアウト五分前の電話で起こされた私たちは、すぐにしたくをしてからホテルを飛び出した。

「昨夜はこっちから誘っておきながら、先に眠ってしまって、ごめん」

「大丈夫、気にしてません」

本当に気にしてなかったらそっちのほうがショックだけどと思いつつ、その横顔を見た。周は冷たい朝日の中で大きくあくびをした。

一歩出た瞬間に無関係のように建っているホテルを振り返りながら、私はため息をついた。

「昨日はいろんなことがあって、なんだか夢だったような気がしますよ」

「そうだね。私もそんな気がする」

「また行きましょうよ」

十分に眠った彼は隈《くま》一つない顔をこちらに向けた。私は頷いてから、路上に放置されていた自転車の鍵を外した。日差しの中で、静かに自転車は光っていた。

ユウちゃんは友達の家のお泊まり会に出かけて行ったので、誕生日に母と二人で食事をすることになった。周とは夜に会う約束をしていた。

夕食にはまだ早い時間に池袋に到着してしまった私たちは、しばらくオープンカフェでカフェオレを飲みながら、赤いパラソルの下で夕日に飲み込まれていく街を見ていた。

「やっぱり誕生日には池袋だな」

無意識のうちに呟《つぶや》いた私に、母はハンドバッグから煙草を取り出して口にくわえながら眉《まゆ》を寄せた。

「それって子供のころのこと？」

「六年前が最後だから、そんなに子供でもないよ」

彼女はくわえた煙草にオレンジ色の百円ライターで火をつけると、深く息を吐き出した。

「なんで来なかったか、まだ気になる？」

「気になるよ」

「知ってどうするの？」

私は少しだけ口ごもってから、知ってから考える、と答えたら彼女は笑った。

「普段はわりと思慮深いのに、こういうときは前のめりなんだから」

私は頷《うなず》きながらカップの縁についた泡を見た。カフェオレというよりも甘いお湯みたいな味がした。

「前日に居酒屋で知らないおじさんとケンカしたんだって。ふみちゃんが待ち合わせの場所に出かけた後に警察から電話がかかってきて、私が身元引き受け人として呼び出されたんだよ。とっくの昔に離婚してたのに変な話でしょう。あの人、自分の親にはまだギリギリのプライドがあったみたいだから、本当に私しかいなかったんだろうけど迷惑だったよ。警察には散々、失礼なことばっかり聞かれるし。

だから私、言ってやったんだ。バカなことをしてもまわりが笑ってくれる歳じゃない、いくら籍は抜いてるって言っても子供とは血がつながってるんだから、こんな姿ばかり見せていたらふみちゃんも可哀想だって」

「そうしたら？」

「そうしたらあの人、言ってたよ。こんな姿は父親の姿じゃないし、娘が見るような姿でもない。俺に娘はいなかったし、あいつにも父親はいなかった。もう会わない、て帰って行った。それがあの、誕生日の話」

どうして引き留めてくれなかったのかと言いたい気持ちを、私は寸前のところで必死にこらえた。代わりに水を渇いていく口に含んだ。

「それから、お父さんがどうなったか知ってるの？」

母は煙草を口からすっと抜き取ると
「なんで？」

静かな顔で聞き返したので、私はまた少し口ごもった。

「だって」

「もしかして会いたいの？」

「かも知れない」

「会ってどうするの？」

「え？」

「そんなことをしても、何も終わらないし始まらないよ。分かってるの？」

突然、真剣な顔で問いかけられて言葉をなくした。母は小さくため息をついた。

「知ったからと言ってどうなるわけでもないよ。私一人の力で大学に行かせることもできなかったし、こんなふうに言える義理じゃないけど、もっと自分にとってプラスになる、明るいことだけを考えなよ。ふみちゃんはあの人と血がつながってるから素直に終わったことだとは思えないだろうけど、たぶん今もあの人は変わってないし、これから先もずっと変わらないと思うよ」

「けど、少しも変わらない人間だっていないよ」

言ったそばから自分で疑ってしまうような言葉だと思った。母は短くなった煙草を消すと、二本目の煙草に火をつけた。

「あの人はダメだよ。分かってるでしょう。ふみちゃんが期待するような人間性は、もうあの人の中で壊死してるも同然なんだよ。あの人のそばにいたら、たぶん私たちは死ぬまでそういう生活だったよ」

まだ反論したい気持ちもあったが、言うことはすでに何もない気もした。どんなにがんばっても死んだ人間が戻らないのと同じことだ。

私が下を向くと、母はすぐに明るい顔に戻って立ち上がった。

「今日、前につぶれた仕事先の院長の親から電話がかかってきた。もう戻ってこないと思ってた残りの給料、払ってくれるって。仕事があるから外国まで飛ぶ時間はないけど、今度の土日を使って一泊ぐらい温泉にでも行こうと思って。ユウちゃんは行くって言ってたけどふみちゃんはどうする？　もし予定が入ってるなら無理しなくていいけど」

少し考えさせてほしいと私は言った。母は頷いて、伝票を片手にレジへ歩いていった。

食事を終えて先に帰った母の後ろ姿を見送った後、時間をかけてバス停までの道を歩いた。日の落ちた道路沿いのバス停で、足元の吸い殻や空き缶を見ながらバスを待った。

バスは遅れているのか、予定の時間に来なかったが、あせる必要はなかった。私はもう何も待たなくて良かった。私が待っていたものは、もうとっくの昔に失われていた。そんなこと、本当はずっと分かっていた。

何十分かバスに揺られて、窓に張り付くように外を見ていた私の目に見覚えのある風景が飛び込んできた。あわてて次のバス停で降りた。

商店街を歩き、コンビニを見つけて、雑誌コーナーで地図を開いた。たしか近くに消防署があったから、このまま真っすぐ進んで二回ほど右に曲がれば良いのかとたしかめてから、私は地図を閉じた。

家の前で、周はドライバーを片手に黒い自転車のサドルをのぞき込んでいた。私が声をかけると、驚いたように振り返った。

「ふみさん？」

周の表情はすぐに和らいで、汚れた指先で額を擦《こす》りながら立ち上がった。

「びっくりした、こんなに早いと思わなかったから。もう食事は終わったんですか」

「うん。早く終わったから直接、来てしまいました」

彼の顔を見た途端にほっとしている自分に気付いた。父には娘はいないし、私には父はいない。母の言葉はまったく薄れることなく、バスに揺られている間も夜の気配のように心を満たしていた。それでも、つかの間はなかったことにできるほど周に会ったことで安心していた。

「周に聞きたいことがあるんだけど」

私が言ったら、彼は不思議そうに訊き返した。

「なんですか？」

「さっき、今度の土曜日に家族で温泉に行こうかって話してた」

「前から思ってたけど、ふみさんの家って三人姉妹みたいに仲がいいですね」

「けど、もし周が家に来れるなら温泉に行くのはやめる。夕食を作るから一緒に食べて、それからビデオでも見よう。今度こそ眠らないで一緒に夜中まで起きてるから」

「それならあんた、うちに泊まりに来なさいよ」

びっくりして声のしたほうを見ると、周のお姉さんがドアの隙間からこちらを見ていた。私があせって
「今の話、聞かれてましたか」

そうたずねると、周のお姉さんは深く頷《うなず》いてから、真顔で続けた。

「家の前で二人して華やいでれば、そりゃ聞こえるよ。それより、うちの両親も旅行へ行くようにそそのかすから、こっちの家に泊まりに来なさい。そっちの家に行かれると私が観察できないからつまらない」

そう言われて一気に体の力が抜けた。周は心底あきれたような顔をしてドライバーを握り締めていた。

「姉貴に観察されるぐらいだったら南極に行くよ、俺」

から安心しな」

「遠慮しなくていいよ。私がドア越しにあんたが大人になるのを見守ってあげる

「そういうのを変態って言うんだよ」

「けどあんた、江戸時代の大名家ではそれが普通だったんだよ。縄文人なんか高床式の家の中に何十人単位で暮らしてたんだ。性のプライバシーは保護されてるのが当然だっていう現代人の価値観は捨てて、一緒に原始に返ろう」

「一人で返れよ。姉貴なら歓迎してもらえるよ」

「私がいなくなったらあんた、生きていけないでしょう」

周はなにを言ってもムダだという顔で首を横に振ると、私にだけ聞こえる声で

「俺、魚だったらなんでも好きです」

私は肉料理ならなんでも好きだと思いながら自分にできる魚料理を思い浮かべていると、夕食でもおごるから三人で食べに行こう、と彼女は言って家の中に戻っていった。それからすぐにデニムのジャケットを着て飛び出してきた。

明るい夜の中を三人で歩きだすと、周はパーカのポケットから赤いリボンのか

かった細長い箱を取り出して、こちらに差し出した。

箱の中身はシンプルな革のベルトの腕時計だった。さっそく腕に付けてから、ふと、母との食事からまだ一時間弱の胃を撫《な》でた。


近くの居酒屋ですっかりごちそうになった帰り、周のお姉さんが車で送ると言ったので私はおどろいた。

「運転できるんですか？」

「この子、私をただの変な女だと思ってるみたいね」

ただの変な女だろ、と周は笑った。彼女は自宅の裏にまわると車庫のシャッターを押し上げた。派手な音が響き渡り、薄暗い車庫の中から手入れの行き届いたグレーの車体がすっと現れた。

「ああ」

と周のお姉さんが声をあげた。

「なに、どうしたの？」

「忘れてた。今、免停中なんだ」

苦笑いしていた周に、彼女はタクシーを拾ってくるように指示を出した。彼は文句を言いながらも言われた通りに道路へ走っていった。いつもこんなふうに牛耳られてるのだろうかと、あっという間に消えていく後ろ姿を見て疑った。

周のお姉さんは車の上に腰掛けると、となりに座るように言った。二人の体重が車体の先にかかると、音をたてて揺れた。

周のお姉さんが私の腕時計を指さした。

「あの子、バカだから一枚しかチケット取れなかったんだよね」

意味が分からずに首を傾げていると、彼女はさらに楽しそうに笑った。

「最初はあんたが好きだって言ったバンドのチケットか何かを取ってプレゼントにしようと思ってたらしいんだけど、朝から並んだのに結局一枚しかチケットが買えなくて、それを予定通りあんたにあげようとしてたんだよ。だから、一枚しかないライブのチケットなんてもらっても迷惑だからやめろって言ったんだよね」

私は笑った。早朝にあくびをしてパーカのポケットに手を突っ込んだ周の姿が目に浮かぶようだった。

「一人でも行きたかった?」

彼女は笑いながらたずねた。

「行きたくないですね」

私も笑って答えた。

「本当にジャマしたりはしないから、週末は二人で楽しんでよ」

「あの人、どんな料理が好きですか?」

彼女は指折り数えながら、詳しいレシピまで解説つきで料理名をあげた。その後は外食で好きな店や洋服や漫画へと、延々話は続いた。

「やっぱり二人は仲が良いんですね」

「まあね。周も子供のころは口答えしないで、もっと可愛かったんだけど。そういえば、中学の卒業式に友達とケンカして、相手は無傷だったのにあいつは鼻の骨なんか折られて病院に運ばれたんだよね。ちょっと顔がいいだけに鼻血だらけの姿がマヌケだったよ」

「そんなことがあったんですか」

周がケンカというのもあまり想像できない話だとは思いながら、言った。

「でね、その友達っていうのが周より体も小さいし、普段は何も考えてないようなぼうっとした男でさ。それからあの子、何を間違えたのか格闘技なんか始めちゃって。

根が温厚なうえにあんまり闘争心もないいし、食べるか寝てるときが一番幸せだって言ってるくせにね」

そんな事情があったのかと私は納得して頷いた。もっと話を聞こうとしていると、タクシーをつかまえた周が戻ってきた。

「ふみさんによけいなこと言ってないよな」

「あんた、私がそんな身内を売るようなマネをすると思う?」

いつでも大安売りという気もしたが、よけいなことは言うまいと黙っていた。

周は疑うような視線を彼女に向けていたが、逆ににらみ返されると、あきらめたように私の手をひいてタクシーまで連れていった。

周とお姉さんが同時に財布から千円を出して二枚とも運転手に手渡し、私が言葉を発するよりも先にドアを閉めた。

タクシーが走りだして振り返ると、二人が並んでこちらを見送っていた。長い影が二本こちらにむかって追ってくるように地面に伸びていた。


茶色い革の靴に足を入れ、遠足用のリュックをせおって髪の毛を束ねたユウちゃんの手を取った母は、戸締まりには注意するように言い残して出かけていった。閉まる寸前のドアの隙間からユウちゃんが、バイバイ、と手を振った。

ドアの鍵《かぎ》を閉めて振り返ると、ごちゃごちゃとした室内が急に平原みたいにだだっ広いだけの空間になった気がした。外は晴れているのに窓から吹き込む風は少し冷たい。

部屋の中をしばらく意味もなくうろついてから、苦笑して台所に立った。周が来るまでに片付けようと洗い物を始めると、水の流れる音だけが天井や床にぶつかって床に広がっていった。

青かった空に夕焼けが何重も帯のように伸びるころ、周はやって来た。

ドアを開けると、真っ先に大きな箱が目に飛び込んできた。よく見ると釣りで魚をしまうときに使う、あの白い四角い箱だった。

「これは何？」

周は黙って笑ったままフタを開いた。ほどほどに太った赤茶色の魚が二匹、箱の中で元気に泳いでいた。

「これ、釣ってきたの？」

「はい。午前中に父親と車で磯まで行ってきたんです」

渋い子だと思いながら、私は泳ぎまわる魚をのぞき込んだ。

「磯アイナメです。おいしいですよ」

「それは嬉《うれ》しいけど、この魚は一体だれがさばいて調理するの？」

え、と周は少し言葉に詰まった。

「ふみさん、無理ですか？」

電子レンジとインスタントの時代に生きる私にそんなことはできないと告げると、彼も調理に関しては自信がないと答えた。しばらく押し付けあっていたが

「じゃあ、適当に切って鍋《なべ》の中に入れればいいね」

とうとう私のほうが降参して言うと、彼はほっとしたように頷《うなず》いた。

近くの大きなスーパーマーケットで他にも魚介や野菜を買って、母の部屋から和食の本をかろうじて見つけた私は本の通りになんとか魚をさばいた。

食卓にガスコンロを置いて、二人で鍋を囲む。あっという間に額から汗が噴き出した。流しの下から焼酎《しょうちゅう》を見つけたので、サワーで割って二人で飲んだ。鍋の中で煮詰まった魚は柔らかく、良い匂いが部屋中を満たしていく。

「ごめん。魚に骨が残ってる」

周は笑って首を横に振ってから、春菊を口にした。

「この一ヵ月の食事の中で、今日の夕食が一番おいしいです」

最後の雑炊まできれいに食べ終わると、小さな子供みたいに絨毯《じゅうたん》に寝転がった。逆さまの視界の中でカーテンが大きく揺れていた。時計の針が進む音、家の外を

通る車のエンジン、本当の夏はまだこれからなのに遠くでもう風鈴が響いていた。窓の外には、青い青い夜が訪れていた。

天井で点滅する蛍光灯をしばらく二人で見ていた。

「今ここで死んじゃうのもいいなんて、ちょっと思った」

私は言った。俺も、と周は呟《つぶや》いた。

「それでもいいや」

目を閉じるとゆっくりと涼しい風を感じた。私は何度も頭の中で今の言葉を復唱した。

ずっしりとお腹に石を詰められたオオカミみたいだと思いながら胃のふくれた上半身を起こして

「散歩でも行こうか」

そう誘うと、周は頷いて体を起こした。

私たちは橋の上に立ち、しばらく池の中をのぞき込んでいた。

暗闇で果てしないような水面には街灯に照らされた樹木の輪郭や、遠くに立ち並ぶデパートや駅が映し出されている。揺れる光と影が、子供のころに絵本の中で見た風景のようだった。

夜の井《い》の頭《かしら》公園には浮浪者と暗闇に紛れたカップルしかいなかった。ベンチは占領されている代わりに、橋の上に人通りはなかった。私と周はしばらく水面に石を投げることで鯉を集めて遊んだ。次第に鯉の数が増えてきて、真っ暗な水の中で数え切れないほどの尾鰭《おひれ》がふらふらと揺れている様子は少し不気味だった。私は石を投げるのをやめた。

「時々、怖いんだ」

何がですか、と聞き返した周の横顔は、暗闇の中でわずかに遠く見えた。

「いろんなことが全部、何もかも。翌朝のバイトとか人込みとか、することがない平日や、眠る前とか」

「怖いとき、どうするんですか」

「死んだみたいに目をつむってじっと我慢してる。そうすれば、いつかは通りすぎるから」

「なんで怖いって言わないんですか？」

周が大きな石を水面に投げ込むと、鯉たちはみんな違う方向へと逃げていった。

「口に出すと、はっきりしちゃうから。一度、言葉にしたことって絶対に消せないし」

「でも、他人には言わなきゃずっと分からないままですよ」

「他人って」

「たとえば俺とか」

周は強い口調でそう言うと、すぐに表情を緩めて、いつものおっとりとした調子で続けた。

「毎回怖いって思うたびに、そう言えばいいじゃないですか」

「そうかな」

「そうですよ」

試してみる、と私は言うと、石を投げていた手を軽くスカートの裾《すそ》で拭《ぬぐ》った。

橋を渡ってから公園の奥まで歩いていた途中で急に腕をひかれて、背の高いしげみの中に入った。まるで野犬が飛びかかってきたようだと思いながら木の枝や落ち葉や虫を飲み込んだ土の上に横たわると、じっとりと湿った柔らかさに吸い込まれそうだった。覆いかぶさった周の肩の向こうに色の濃い葉をつけた枝が何本も伸びていて、隙間からは小さな夜空が見えた。私たちはそこで寝た。長いような短いような、伸縮自在の時間の中で。

体が離れた後は仰向《あおむ》けに寝転がって、もう全部どうでも良いという気持ちで眠ってしまった。

笑ってしまうぐらいに真剣な眠りだった。

ふいに肩を揺り起こされて、周かと思って手を払いながら目を開けると、若い警察官が懐中電灯を持ってのぞき込んでいた。私はあわてて体を起こした。

「あのさ、一体こんなところで何をしてるのかな」

わずかな乱れもない制服姿に似合わず、案外、気安い口調で話しかけられたが、私は返事に詰まった。ちらっと、となりを見ると周は死んだように眠っていた。

なんてのんきなのだと思いながら
「あの、星を見てたら眠ってしまって」

まるで嘘をつく気がないような嘘をついた。

「こんなところで？」

「今夜、流星がたくさん見れるってニュースで聞いたんです」

「そんな話は聞いてないけどなあ」

ようやく周も目を開いて体を起こした。私は彼を指さして
「うちの弟は天文部で」

そう言ったら、周は憮然《ぶぜん》とした顔で口を開こうとした。

「それにしては手ぶらだね。まあ、君たちは大丈夫そうだけど、夜の公園は危ないし、こんな場所にいたら悪いことをしていると勘違いされるから、早く帰りなさい」

私は会釈してから、周の手をひいてしげみを出た。となりで弟と言われてむっとしている周をなだめながら公園の外に出ると、置いていたはずの自転車がなか

った。

鍵《かぎ》はかけたかと聞かれたので、ポケットから取り出して周に見せた。彼はため息をついた。

「たぶん盗まれましたね。その気になれば自転車の鍵なんてカサの柄で簡単に外せるから」

「困ったね。どうしようか」

ついでだからさっきの警察官に盗難届けを出してこようかとも思ったが、あれ以上、事情を詳しく聞かれるのも面倒だと思って沈黙していると
「歩きましょうか」

周の言葉に私は耳を疑った。

「歩ける距離じゃないよ」

私はそう言ったけれど、彼は自転車で来た道をすでに歩き始めていた。その後を追いながら一体どれくらいの時間がかかるのだろうと思うと気が遠くなった。

食べ終わった鍋《なべ》やお皿がそのまま食卓の上に残っている。帰ったら洗わなくては

ならないことを思い出して、家を出る前に片付ければ良かったと悔やんでいたら、彼は立ち止まって私が追いつくのを待ちながら

「手伝いますよ。二人でやればすぐ終わります」

「そうかな」

「そうですよ」

周が言うなら、そうだろうと私は納得して、頷いた。

耳の穴や洋服の中に土や砂が入り込んで風が吹くたびにザラザラと音をたてた。

周と私はお互いの体についた汚れを払い落としながら、夜の中を遠い家にむかって歩きだした。

あとがき

高校へ向かう川沿いの道を、自転車で走りながら新しい物語を思いついた瞬間を今も覚えています。埃《ほこり》っぽい春の匂い。イヤホンから聴こえていた曲。デビューはしていたけれど、作家と呼べるほどではまだ全然なくて、バイトばかりしていて、時間と夢だけがあった。

物語はフィクションでも、そのときの空気感は丸ごと本物のまま閉じ込めたのが、この『リトル・バイ・リトル』という物語でした。

当時は、家族小説を書きたい、と思って書いた小説でした。

だけど復刊にあたって読み返したとき、これは恵まれた境遇とは言いがたい主人公が、他者を通じて、家の中から外の世界へと踏み出していく小説だったのだと気付きました。

理不尽も痛みも、「まあ、」という一言で静かに終わらせてきた主人公が、周に出会い、もっと自分を大事にしてくれる人々に触れる。

その隙間に、時折入り込む過去の暗さは、淡々とした語り口とは対照的にぞっとするものかもしれませんが、主人公はそこから離れていくだけの現実感と人間関係を持っている。

読み終えた方が、最後にそう信じられたらいいな、と思いながら本を閉じました。

繊細で大事な瞬間を綴《つづ》った、心に残る解説を寄せてくださった松井玲奈《まついれな》さんと、この小説にかかわってくださった方たちにお礼を申し上げます。

そして手に取って下さった読者の皆さんに。本当にありがとうございます。

また十年後、二十年後に残せるような小説を、これからも書いていきたいです。

２０１８年　２月10日

島本理生《しまもとりお》

解説

松《まつ》井《い》玲《れ》奈《な》

十九歳の時、私は何をしていたでしょう。高校を卒業して、大学には行きませんでした。仕事を始めて二年が経ったくらい。段々と仕事に慣れてきた頃の様な気もするし、バタバタと新しい環境になって行っていた頃の様な気もします。

アイドルグループに身を置いて、愛知県から東京に通っていると、同年代の子達と同じ様に男の子に接する機会はないに等しかったし、男の人は現場にいるスタッフさんくらい。当時は仕事に夢中だったから、自分に埋めるべき大きな穴がある事にも気が付かないで、そのままにしていました。

私は家族の事は好きだけれど、中高生の頃、今思えばなかなか妙な距離感で生活をしていた気がします。部屋に籠《こも》ることも多く、ゲームをしたり、ネットサーフィンをしたりする時間が大切で、食事もなんとなく、部屋で一人で食べることが増えていました。その流れで仕事を始めてしまったから、帰っても疲れているからと、家族と特に話す事もなく、部屋に籠り、寝て、起きて、朝また仕事へ向かうという生活をしていました。

最近になってやっと、昔の様に、家族との時間を大切にする余裕が自分に生まれて来ました。私には三つ歳の離れた兄がいます。兄の仕事と、私の仕事の時間が違うから、なかなか帰っても会える機会がなく、年に何回か顔を合わすくらい。とてもユーモアのある人で、小さい頃はお兄ちゃんっ子だっただけに、知らないうちに出来てしまった溝にここ数年戸惑っていました。

一年前くらいに、兄と二人でライブを観に行った事があります。好きと言っていたアーティストだったから、誘ったら喜んでくれるかなと思ったんです。初めてライブハウスに来た兄は、プラスティックのカップに入ったビールを片手に立ち尽くしていました。来る事ができて嬉《うれ》しいけれど、盛り上がり方がいまいち分からないという様子でした。

帰りの電車の中、最寄り駅まで一時間弱の間、兄との会話は数分しかなくて、楽しかった、知ってる曲もあった、とかポツリポツリとしたワード。その後駅に着くまで会話はほぼ無し。兄がやっていたスマホのゲームを覗《のぞ》き込んで、それは何？　と聞いても気の無い返事が返って来るだけでした。

翌日、母からメールが来て、「お兄ちゃん、楽しかったって言ってたよ」と。楽しんでもらえたのはとても嬉しかったけれど、兄と会話が全く成立しなくなっていた事に、私は認めたくないけれど落ち込みました。

どうやって話したらいいのか、どんな話題を振るべきか、顔色ばっかりうかがって。兄妹《きょうだい》なのに変だなって。

今年の頭にまた兄とライブを観に行きました。名古屋《なごや》駅で待ち合わせをして、会場に向かうホームで、突然兄から彼女と別れたという話を聞かされました。十年はいっていなかったけれど、八年、九年付き合っていた人で、てっきり結婚をするものだと私は思っていたんです。彼女に振られたと言う兄は空元気で笑っていたけれど、理由を聞いたら兄の人生を否定された様な気がして、なんでか私が悔しくなりました。泣かなかったけれど、泣きたいくらいにです。

その日のライブが始まる前に、「この曲歌われたら泣くなー」と兄がつぶやいていた曲が流れて、ステージの明かりを受け、黒くシルエットになった肩が震えていました。見てないふりをしながら、私は、本来十代にあるべき兄妹のコミュニケーションがすっぽり抜けていた事、それがこの日に数年分埋まった様な気がしました。兄が話して分けてくれた痛みを、私は全部まるっと共有はできないけれど、その端っこを持たせてもらえたんだなと。

長々と私的な話をしてしまいましたが（しかも兄をネタにするという。ごめんよ、お兄ちゃん）、『リトル・バイ・リトル』は家族や、自分にとって近しく、大切な人たちとの触れ合いの話だと感じて、この話をふと思い出したのです。

物語の中でふみにとって父親の存在が大きく書かれています。両親が離婚した後も、毎年誕生日には池袋で待ち合わせをして出掛ける。同じ星座をプラネタリウムで見たり、ファミレスに行ったり、プレゼントを買ってもらったり。ふみにとってその時間は、とても特別だったんだと思います。普通なら日々少しずつ与えられる、父親からの愛を、その日一日、スポット的にかもしれないけれど受けることで、彼女の心は少なからず満たされていたんだろうと。あったはずの物が無くなると、どうも落ち着かず、何がいけなかったのか、どうしたらこの穴は埋まるのだろうかと、中の見えない箱に手を突っ込んで探している気分になります。ふみにとってそれは父親の存在なんでしょう。

虐待をされていたとしても、もう会いに来てはくれなくても、割り切れず、期待してしまう。仕方ないと受け入れてしまう。想像の中で生きている父親に幻想を抱き、美化してしまう気持ちはよく分かります。その人の存在が大切であればあるほど、ダメだと思う気持ちと裏腹に肯定的な感情が溢《あふ》れてくるんです。

ふみの中にある穴をそっと埋めてくれるのが周。

『リトル・バイ・リトル』は島本さんの作品の中で、いい意味でドラマチックな恋愛ではない、淡々とした恋愛の作品だと思います。ふみと周の何気ない会話が、本当は大切で、物語を進め、二人の距離も縮めていく。とても日常的でリアルだな、と思いました。

整骨院でうなり声をあげながらの初めまして。その後に二人でカレー屋さんに行く。ポッポッと話しながら、自然に周に惹《ひ》かれて行くふみを可愛らしく感じました。

二人が会う時には、たくさんの食事の場面が出て来ます。最初はカレーを食べていて、その次は中華料理。誰かと食事を共にするとぐっと距離が縮まる様な気がします。ぐっと縮まるというのは、まあ相手との相性が上手《うま》く行った時なんだとは思いますが、二人で食事が出来るというのは、私としてはかなり心を許していないとできない事だなと思います。これは恋愛関係に限らず、友人でもですね。よく、グループでなら話せるけれど、この人と二人きりになると何を話したらいいか分からなくなる人っていませんか？　そういう人と食事になんてなったら、もう緊張しかしません。とにかく話を繋《つな》がなくちゃと気を遣うし、考えすぎて食事ばかりが進んでしまったらどうしようと、不安になり、美味《おい》しいはずの食事も味を忘れてしまうほどです。好きな人との、ドキドキしてしまう食事とは、また違うのです。気を遣う相手との食事は不慮の事故だと言い聞かせようと考えています。

ふみと周、二人の会話は、自然にお互いのことを話したり、食事を楽しんだり、私にとっての理想に近いです。きっと沈黙があったとしても、その間さえ会話として、二人の時間として成立しているんだろうなと。

その対比として、ユウちゃんのお父さんを交えた家族四人での食事のシーンが効いているなと思いました。言葉を返しても、そこで会話が途切れてしまうし、発展することもあまりない。ふみに勉強のことを聞いて

「少しは勉強もしないと。使わないと覚えたことっていうのはどんどん忘れていくから」

とひとごとの様に話す姿は、お互いにどんな距離感で話していいのか分からない、間合いの合わない事故です。

私が特に好きなふみと周の場面が、コインランドリーの場面。ふみが貸した服を洗って、洗濯機が回るのを二人で眺める姿がとても映像的。思い浮かべると映画のワンシーンの様で生活の匂いが閉じこめられた文章です。

二人でお弁当を食べて、「周といるときは、いつも食が充実している気がする」と言って、そんなことはないと言い合えたり、「平和だねえ」と言える時間。何気なく、今日失敗してしまった事を打ち明けたり、自分の抱えてる痛みの端っこを分け合える、そんな関係はとてもうらやましいです。

私が悩んでいたとき、それを打ち明けていないのに、何か思いつめていることがあるでしょうと、当てられたことがありました。一人で抱え込んでいるわけではないですが、自分の中にあるモヤモヤを言葉にしようとすると、それ自体が本当のもやの様に、摑《つか》み所なく、飛んで行ってしまう様な気がして、一番肝心な事を人に打ち明けられないんですね。そのときは無理して明るくしていたわけでもなく、普段どおりに振舞っていたので不思議でしょうがなかったのを覚えています。不思議すぎて、すっとんきょうな声で返事をしてしまうという、恥ずかしい思い出にもなりました。その時に言われた言葉と周の言葉がとても良く似ているんです。

「なんで怖いって言わないいんですか」「言わなきゃずっと分からないままですよ」

「毎回怖いって思うたびに、そう言えばいいじゃないですか」

　こんな風に言われたらとても勇気をもらえます。背中を支えてもらっている気持ちになれます。不安なことを打ち明けるのって、もの凄《すご》く、最初の一歩が怖いものです。ふみの言う様に、自分にとっての『怖い』は口にしてしまうと形になってしまいそうだから。

　私の友達は、悩みを話すのが下手くそな私に「どんだけ時間がかかっても、根掘り葉掘り、全部質問して聞いてあげるから。言わなきゃ分からないし、言っても大丈夫なんだよ」って。その友達のお陰で私は救われて、落ち込む事があっても、どうにかこうにか楽しくやっていられている気がします。自分自身も、相手が落ち込んでいるなら、全力で受け止めたいと思えます、そうやって、心を許せる人がいる事でお互いが満たされて、安心できて、楽しく生きて行こうと思える事を、作品に思い出させてもらえた気持ちです。

　こんな十代の青春は私には無かったけれど、島本さんの作品を読むと様々な恋心を教えてもらえます。経験できていない感情に溢れているから、何度読んでも、驚きと苦しさで胸がいっぱいになる。私の恋心のバイブルとして、これから先も本棚に大切にしまっておきたいです。

本書は二〇〇六年一月、講談社文庫より刊行されました。